떨메와 달궁이

오명근 장편동화집

새미

떨메와 달궁이

초판1쇄 2002년 1월 5일 / 발행일 2002년 1월 15일 / 지은이 오명근 / 펴낸이 김태범 / 펴낸곳/ **새미** /등록일 1994. 3.10 제17-271 / 편집 김유리 · 김수진 · 황충기 / 영업 한창남 · 김상진 / 총무 김태범 · 박아름 / 물류 정근용 / 마케팅 정찬용 · 이충섭 / 인쇄 박유복 · 정명학 · 이정환 / 인터넷 정구형 · 이순주

주소 서울시 강동구 암사 4동 452-20 럭키빌딩 301호

www.kookhak.co.kr, E-mail : kookhak@orgio.net

ISBN 89-89352-62-2 03810, 가격 9,500원

떨메와 달궁이

책을 내면서

　어린 시절 어머니로부터 들었던 이야기는 꿈의 나래를 펼치는 행복한 미소였고, 참된 용기와 지혜의 샘물이었으니, 이 꿈의 자락에 기대어 삶의 언덕을 넘어온 오늘, 다시 돌아가고 싶은 푸른 이름입니다.

　30여 년의 교단을 물러났고, 선한 눈빛으로만 말을 했던 어머니도 먼 여행의 길을 떠나버린 이제 그 동안 써 두었던 것들을 정리해 보았으나, 부끄러워 만져만 보다가 세상에 밀어 넣어 봅니다.

　그림을 그려준 최낙경 화백께 감사드립니다.

　아울러 보스턴의 연구소에서 꿈을 키우는 큰아들과 며느리, 학위를 받아 기쁜 딸, 푸른 세상의 문을 열어야 하는 막내아들 — 우리 더 힘내자.

2002년 1월 문정서재에서

오 명 근

차 례

1부 떨메와 달궁이

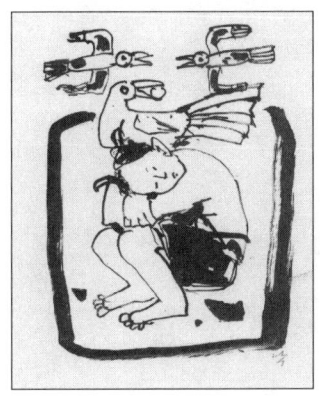

1. 옐미에서

　서울에서 동남쪽으로 1시간쯤 달려 푸른 산이 에워싸
는 오른쪽 길로 계곡을 따라 한참 들어가다 보면 앞이
탁 트이는 곳에 양지바른 작은 마을이 있습니다. 온갖
꽃들이 계곡의 물길 따라 이름을 알리기 위해 싱싱한
얼굴을 물살에 띄우기도 하는 작은 동네입니다. 이 동
네가 내려다보이는 약간 높은 곳에 있는 산 밑 첫 번
째 집이 떨메네 집입니다. 사람들은 이 선생님 댁이라
고도 합니다.

　떨메 할아버지는 옛날에 선생님을 하셨고 정년퇴임
후 지금은 집에서 책도 보고 농사도 지으십니다.

떨메네 집은, 정확히 말하여 떨메 할아버지 댁은 동네 입구에서는 나무에 가리어 지붕만이 보일 뿐입니다. 뒤로는 산이 감싸안고 봄철이면 꽃들이, 여름이면 푸른 나무가 어우러지고 가을엔 단풍이 겨울엔 눈꽃이 함박 피어 지붕만이 양지바른 햇살에 빛나고 있습니다.

떨메는 처음 할아버지 댁에 왔을 때, 떼를 쓰며 울었습니다.

"할머니. 세상이 너무 조용하고 심심하고 쓸쓸해요. 아니 무서워요. 시간도 영 가지 않고 하루가 너무 길고 지루해요."

할머니는 그럴 때마다

"어쩐 다냐. 이를 어쩐 다냐." 하시며, 떨메를 안았다 업었다 어찌할 줄을 모르셨습니다.

허지만 이제 떨메는 동네에서 집으로 올라가는 경사길 양쪽엔 찔레 으름덩굴 인동초 등 화사하지 않으나 깊은 정이 가는 꽃들이 피고 지고, 복숭아 살구 배 등의 과일 나무며, 진달래 개나리 등등 온갖 꽃들이 다투어 피고, 갖가지 풀꽃들은 생명력과 번식력도 대단해서 가꾸지 않아도 무성하게 자라고 소박한 아름다움과 짙은 향을 오래 풍겨 주고 있음을 압니다.

떨메는 아침 일찍 일어나면 신선한 공기가 가슴 속까지 스며드는 큰 숨을 들이쉽니다. 이때 하늘을 보고 산을 보며 오늘은 비가 올 듯하니 집에 있겠다든지 멀리 놀러 가겠다든지 들에 가겠다든지 명희랑 계곡에서 놀겠다든지 무엇을 하는 것이 좋을까 생각합니다.

그러면서 앞내에 나가 세수를 합니다. 손을 물에 넣고 가만히 쥐면 물은 간지럽게 빠져나갑니다. 모래를 긁어 우묵하게 만들고 잔돌과 모래로 둑을 쌓고 물을 모아 고기를 잡아 집을 지어주지만 고기들은 잠시도 가만히 있으려 하지 않습니다. 떨메가 지어주는 집은 너무 좁은가 봅니다. 물도 가만히 있으면 갑갑해 합니다. 저 아래 마을 너머 무엇이 있는지 궁금해서 잠시도 쉬지 않고 흘러갑니다. 세수하러 나왔다가 물과 노느라 시간을 잊고 있다 햇살이 물살과 반짝반짝 떠들어 댈 때에서야 허겁지겁 집에 가면 할머니는 밥상을 놓고 기다리고 계십니다.

"할머니, 시장하시죠? 내일은 세수만 하고 일찍 올게요."

1부 떨메와 달궁이

13

하면 할머니는 빙그레 웃으십니다.

할머니께서

"떨메야. 이 것 좀 먹어볼래?"

찌개를 가리키십니다. 떨메는 맛을 보고는

"음. 구수해요."

떨메의 말에 할아버지와 할머니는 웃으십니다.

"우리 떨메가 맛을 다 아네."

할아버지 말씀에 할머니는

"우리 떨메가 전날은 상큼한 맛, 깊은 맛도 알던 걸
요."

떨메도 따라 웃습니다.

할머니의 이야기를 들으며 할아버지 할머니와 함께
먹으면 맛이 있습니다.

할아버지께서는 냉이며 씀바귀 두릅 머위 미나리 달
래 등을 즐겨 잡수시며

"음 좋구만." 하십니다.

떨메도 먹습니다.

"쓰고 떫고 쌉싸름하고 따끔따끔 까칠까칠하니 입을
콕콕 찌르며 야릇한 냄새가 난다고 울던 것이 엊그제

같은데."

할아버지 말씀에 할머니도

"우리 떨메는 달콤하고 부드러운 것만을 먹던 입인데.."

하시며 떨메의 엉덩이를 토닥여 주십니다.

"그래. 이런 것들이 몸에 좋단다. "

할머니는 타이르듯이 말씀하시며 떨메를 사랑스레 들여다보십니다. 먹는 것도 대견하신가 봅니다.

"떨메야. 오늘 할머니랑 나물도 뜯고 들로 뒷동산으로 한 바퀴 돌고 올까?"

"예. 할머니"

먼 산엔 아직도 흰 눈이 남아 있고 땅 속은 아직도 녹기 전부터 나물을 뜯기 시작합니다. 땅 속 뿌리에서부터 새싹 나무의 순까지 나물의 종류는 수없이 많으며. 나물을 뜯거나 캐기에 봄은 바쁩니다. 무엇이 맛있는 나물인지 못 먹는 풀인지 떨메는 아직 모릅니다.

떨메는 할머니를 따라다닐 뿐입니다. 오늘은 텃밭에서 냉이와 씀바귀를 조금 캤을 뿐입니다.

떨메와 달궁이

16

나물을 캐던 떨메가

"할머니. 햇살이 따스하고요. 어제는 먼 산이 뿌예지더니 오늘은 윤기가 돌고 하늘이 나른한 빛을 더해가고 있어요,"

"햇살이 간질간질하게 느껴지면 흙 속에 새싹이나 벌레들은 용트림을 한단다."

뒷동산에 들어서더니 떨메는

"할머니. 산골짜기에 물소리가 들려요. 땅 속 물 속 나무껍질 속이 모두 힘차게 움직이고 있어요. 신기하고 놀라워요."

"그렇구나. 작년 겨울이 유난히 추웠는데도...."

"할머니. 새소리도 더 많아졌어요."

"그렇구나."

새들은 서로 가까이서 말을 하기도 하지만 이 나무에서 저 나무로 또는 이 산에서 부르면 저 산에서 대답하기도 합니다. 몸만큼이나 목소리도 날렵하고 잽니다. 새마다 소리의 색깔도 다르지만 같은 종류의 새라도 경우마다 다릅니다.

떨메는 새소리를 듣습니다.

1부 떨메와 달궁이

'어미가 새끼를 부르는 소리인가? 놀자! 놀자! 채근하는 소리인가? 어서 따라 오라 부르는 것인가? 위험하다고 외치는 것은 아닌가?'

"할머니. 나비도 나오겠지요?"

"꽃 피면 나비도 나오겠지."

"할머니. 뒷밭을 자주 가 보아야겠어요."

"왜?"

"작년에 뒷밭에서 호랑나비를 보았거든요. 호랑나비를 제일 먼저 보았으면 좋겠어요.

"그랬으면 좋겠다."

나비 중에서 호랑나비를 처음 보는 해는 예쁜 옷을 많이 입는 답니다.

저녁 반찬은 어제 캔 씀바귀나물입니다.

"할머니. 씀바귀는 써요."

"입맛 없는 봄철엔 쓴 것이 입맛을 돋운단다."

할아버지의 말씀입니다.

"할머니. 봄철엔 밥맛이 없나요? 저는 밥맛이 좋은데."

"그럼. 그래야지. 밥이 보약이란다. 들로 산으로 많이 걸었으니 밥이 맛있을 게다."

"할머니. 졸려워요."

"어서 씻고 자자. 햇살 쬐며 그리 쏘다녔으니……"

"오늘은 할머니도 잠이 달겠다."

2. 지렁이가 화가 났어요.

아랫집 명희는 떨메의 단짝 친구입니다.

명희네로 놀러 갑니다.

봄철 화사한 꽃들이 오솔길에 꽃잎 하나 하나를 날려온 길을 덮어버리면 꽃잎이 밟힐까 상처 날까 싶어 고운 꽃길에 발을 디딜 수가 없습니다.

서성이면 바람은 떨메를 쓰다듬어 주고, 꽃잎을 전혀 상처 주지 않고 옆으로 또는 한 곳으로 밀어놓아 줍니다. 바람은 요술쟁이입니다.

"명희야! 뭐하니?"

떨메가 명희네 집에 들어서 보니 명희 동생 훈이는

아랫도리옷을 벗고 있는데 고추가 맑았게 부어 있습니다.

"훈이야 아파?"

훈이에게 물으니

"별로."

하며 계면쩍어 머리를 긁적입니다.

"명희야, 훈이가 왜 저래?"

"할머니가 그러시는데 훈이가 지렁이에게 오줌을 쌌는가 보래. 지렁이에 대고 오줌을 싸면 오줌줄기를 타고 거꾸로 올라와 고추를 물어 맑았게 된대."

지렁이는 실같이 가늘고 작은 것이 옴짝옴짝 하기도 하지만 아주 큰 징그러운 지렁이도 있습니다.

훈이는 장난이 심합니다.

"그러게 할머니가 살아있는 거 괴롭히면 안 된다고 하셨잖아."

하고 명희가 훈이에게 말하니까.

"재미있으니까."

하고 훈이가 짓궂게 대답합니다.

"살아있는 걸 재미로 괴롭히면 되니?"

떨메와 달궁이

22

"그래도 재미있는 걸."

"아파도 싸다 싸."

명희는 퉁명스럽게 쏘아줍니다.

훈이는 재미있지만 지렁이는 괴롭고 화가 났었나 봅니다.

지렁이라니까 떨메는 할아버지께 들은 이야기가 생각나는 게 있습니다.

"옛날 후백제라는 나라의 왕 견훤의 아버지는 지렁이었데."

떨메가 말하니까

"정말?" 하고 명희가 되묻습니다.

"우리 할아버지가 그러시는데 삼국유사라는 책에 써 있대."

"그러면 왕의 아버지가 지렁이었어?"

"응. 그 책에는 그것 말고도 재미있는 이야기가 많이 있대."

"너의 집에 그 책 있어?"

"그럼. 책을 잘 읽을 줄 알면 할아버지께서 보여주신댔어, 너도 보여줄게."

떨메 할아버지는 책이 많이 있습니다.

그날 명희는 그가 아끼는 인형까지 꺼내 놓아 떨메는
재미있게 소꿉놀이를 하다가 돌아왔습니다.

3. 꼬꼬

"떨메야-"

명희의 부르는 소리에 할머니와 닭 모이를 주던 떨메
가 대문을 향해

"여기 있어."

대답하고 보니 명희가 그의 고모와 함께 들어옵니다.

"어머니. 안녕하셔요?"

고모의 인사에

"이게 누구야? 영이 아냐? 어머니 뵈러 왔구먼. 그
동안 별일은 없었고?"

"네. 어머님은 건강하셔요? 아버님도요? 떨메 엄마도

잘 있대요?"

"응. 응. 모두 무고해."

고모는 떨메 엄마의 친구입니다. 떨메 할머니 할아버지를 어머니 아버지라 부릅니다. 할머니는 떨메 엄마를 본 듯 반색을 하십니다.

"아버님은 어디 가셨어요?"

"뒤뜰에 계실 게야. 응! 오시네."

할머니가 닭 모이통을 들고 대문 쪽으로 나오시니 닭들도 따라 옵니다.

"할머니. 모이통을 제게 주셔요."

떨메는 할머니 대신 닭에게 모이를 줍니다. 암탉 꼬꼬는 슬그머니 뒤로 물러섭니다.

떨메네는 닭이 다섯 마리가 있는데 그 중 이 꼬꼬는 유난히 미운 짓을 합니다. 야채밭에도 제일 먼저 들어가고, 꽃밭을 엉망으로 휘저어 놓고, 먹이를 주면 다른 놈들은 구구 하며 친구를 부르는 데 꼬꼬는 늦게 와도 제일 먼저 먹습니다. 그래서 떨메는 먹이를 꼬꼬로부터 먼 곳에 뿌려주곤 했습니다.

헌데 언제부터인가 이 꼬꼬가 떨메가 먹이를 주면 먹

이 가까이 오지를 않고 멀찍이서 눈치를 살핍니다. 오늘도 떨메가 닭 모이통을 받아들자 다른 닭들은 떨메에게 달려드는데 꼬꼬는 뒤로 떨어져서 아무 것도 없는 듯한 맨땅을 쫍니다.

"떨메 옷이예요."

"올 때마다 선물은...."

고모는 올 때마다 명희 옷과 함께 떨메의 옷을 사 가지고 오십니다.

"고맙습니다."

떨메가 인사를 하는데

'아! 향긋한 냄새.'

고모에게서 장미꽃 향기가 납니다.

얼굴도 엷은 붉은 빛이 도는 장미와 닮았습니다. 목소리에서는 잘 익은 복숭아의 맛이 납니다.

'천사가 나이가 들면 어떤 모습일까?'

고모는 천사처럼 곱습니다.

명희가 나들이 옷을 입고 있습니다. 떨메가

"명희야. 어디 가려고?"

"응. 고모랑 읍내에 가려고. 너도 갈래?"

떨메가 할머니를 쳐다보니 할머니께서는

"읍내는 왜?"

하고 고모에게 물으십니다.

"닭을 살까하고요. 집에서 놓아기른 닭이 좋을 텐데. 저희 집은 닭을 안 기르네요. 어머니 드리려고요."

그러자 할아버지께서

"그럼 우리 닭을 한 마리 주지."

하고 할머니를 쳐다보십니다.

"그러셔요." 하고 할머니가 동의하시니까

"아니어요. 어머니가 기르시는 걸. 아니어요. 읍내에 가서 사면 돼요. 아버님도 드셔야 할텐데...." 하고 사양하니

"집에서 기른 놈은 정이 들어 못 먹어. 어머니께 드려. 어느 놈이 좋을까?"

할아버지께서 할머니와 떨메를 쳐다보시자 떨메가 아무 말 없이 꼬꼬를 가리킵니다.

"그래. 그놈이 살도 제일 통통하지."

헌데 꼬꼬가 쏜살같이 달아납니다. 할머니가 아무리 모이를 주셔도 달려드는 놈이 없습니다.

떨메와 달궁이

'닭이 어찌 알았을까? 자기를 잡으려는 것을'

한참을 아주 한참을 고생한 후에야 할아버지께서 붙드셨습니다.

'이를 어쩐다?'

"읍내에 가서 잡아가지고 와야겠어요."

읍내는 고모의 차를 타고 갑니다. 차는 크고 겉도 속도 깨끗합니다. 차안에서도 향내가 납니다.

떨메는 차를 타고 읍내에 가는 것은 좋은데, 꼬꼬의 두 다리가 꽁꽁 묶인 것이 불쌍합니다.

"꼬꼬를 제가 안고 갈게요."

떨메의 말에 고모는

"더러워"

하고는 두 다리 묶인 꼬꼬를 봉투에 넣어 깜깜한 자동차 뒤 트렁크에 던져 넣고는 '꽝' 문을 닫습니다.

"아까 모이도 못 먹었는데… 먹이를 넣어 줄까요? 배가 고플 거예요."

"아냐. 트렁크 속이 지저분해져. 그리고 곧 죽을 건데 뭐."

고모는 꽃봉오리처럼 생긋 웃고 떨메의 등을 가볍게

1부 떨메와 달궁이

29

토닥여 주지만 떨메의 마음은 허물 벗은 매미의 가슴 같이 껍데기만 있고 뻥 비어서 회오리바람이 붑니다.

말썽부리고 욕심 많아 밉기는 했지만 더럽지 않았고, 배고플 것이 안쓰럽습니다.

재래식으로 닭을 잡는 곳은 읍내 정약국 골목으로 들어가 철조망벽을 의지하여 때로는 바람이 먼지를 몰고 지나는 골목 귀퉁이에 있습니다.

떨메가 그곳에 도착했을 때 닭 잡는 아주머니는 손님과 수고비의 흥정을 하고, 동네 어린아이들 너 댓 명은 닭 잡는 아주머니를 놀리고 있습니다.

"저 피 좀 봐. 도마 위에."

아이들은 얼굴을 찡그리고, 아주머니를 손가락질 해 가며 재미있게 웃으며 놀립니다. 아주머니는

"저리 가. 저리 가. "

아이들은 쫓으면 도망을 갔다가는 또 돌아와선 놀립니다.

떨메보다 먼저 온 손님은 두툼한 지갑에서 만원 한 장을 꺼내면서

"이 천 원은. 천 오 백 원만 받아. 쉬는 날 없이 매일

떨 메 와 달 궁 이

일하니 돈도 많이 벌겠구먼."

"이 손을 보셔요. 뜨거운 닭의 뱃속에 손을 넣어 똥집을 꺼내다 보니 이렇게 손톱 밑이 썩는답니다. 몹시 아파요."

아주머니의 손톱 끝은 까맣고 파랗게 병이 들었습니다.

"아프면 병원엘 가야지."

손님 말에

"이 일을 하는 한은 병원엘 가도 나을 수가 없어요. 쉬면서 치료를 받아야지요."

"사람이 아파서 견디겠나. 쉬어야지."

"쉬고 싶지만 아들이 돈이 필요하대요. 이 달 스무닷새까지 돈을 마련하지 못하면 우리 아들이 감옥에 간대요."

"자꾸 말썽만 피우는 아들 혼 좀 나게 내버려 둬. 도와주지 말고."

"이 번만 해주면 나아지겠지요."

옆에서 지켜만 보고 있던 고모가 꼬꼬를 주며

"아주머니. 우리 닭도 잡아주세요."

아주머니는 꼬꼬의 묶은 다리를 풀고 닭장에 넣으며 모이를 주고 물까지 넣어 주며

"잠시 기다리세요."

하던 일을 계속합니다.

꼬꼬가 죽을 때가 다 되어갑니다.

"징그럽다. 다 되거든 오자."

고모는 떨메와 명희의 손을 이끕니다.

떨메는 손으로 눈을 가리나 한 쪽 눈은 손가락 사이로 아주머니를 쳐다보며 뒤돌아 서려는데.

꼬꼬를 잡은 아주머니 간절히 중얼거립니다.

"극락에 태어나라."

떨메는 깜짝 놀랐습니다.

'아!****'

옷도 남루하고 손톱 끝은 병든 더러운 아주머니는 꼬꼬의 마지막에 성자인양 축복을 해 줍니다.

'꼬꼬의 영혼 천국에 태어나라.'

엉겁결 떨메도 기도를 했습니다.

'꼬꼬의 영혼은 틀림없이 좋은 곳으로 갔을 게야.'

아주머니의 표정은 떨메에게 확신을 주었습니다.

떨메와 달궁이

떨메는 읍내에서 많은 것을 보았지만 돌아오는 길 내
내 축복해 주던 아주머니의 모습이 떠오릅니다.

4. 햇살 내리는 길

오월의 태양이 찬란합니다. 이에 온갖 나무와 풀은 반짝 반짝 응답하며 조화를 이룹니다.

춥지도 덥지도 않습니다. 어디를 보아도 푸르른 예쁜 잎이며 아름다운 꽃입니다.

뻐꾸기가 가슴 깊이 울어댈 때면 불두화는 흰 꽃잎을 뭉텅이로 쏟아내고 찔레꽃은 햇살에 흰 꽃잎을 마음껏 뽐내는가 하면 아카시아는 질세라 향기를 흠뻑 뿜어냅니다.

뻐꾹 뻐꾹 -- -- -- --

엄마 아빠와 함께 듣던 뻐꾸기 소리.

오늘 떨메는 홀로 앉아 가슴 깊이 울어대는 뻐꾸기 소리를 듣습니다.

'아! 엄마----'

떨메는 엄마가 보고 싶습니다.

뻐꾸기 울음은 떨메의 가슴에 엄마에 대한 그리움을 꽉 밀어 넣습니다.

재작년의 일입니다.

"엄마. 저 새 이름이 뭐야?"

"응? 응. 뻐꾸기란다."

"어디서 들리지?"

"숲에서 나겠지."

떨메와 아버지 어머니는 지금 산골길을 가고 있습니다. 외가댁에 가는 길입니다. 버스를 타고 가다 황골에서 내렸습니다. 여기서부터 외가댁에 가는 길은 둘입니다. 하나는 새로 뚫린 자동차길이고 또 하나는 구불구불하고 좁은 옛길입니다. 차를 타고 새 길로 갈 수도 있지만 어머니는 옛 길을 좋아합니다. 그것은 떨메도 마찬가지입니다. 아니 떨메가 더 좋아하는 지도 모릅니다.

 오늘도 걷는 길을 택했습니다. 왼쪽은 산으로, 산과 길 사이에는 물이 흐르고, 오른쪽은 논이 있는 가 하면 산이 있고, 산모롱이를 돌면 작은 동네. 또 동네를 지나면 산모롱이가 나오기도 합니다. 길 가운데 풀도 나 있습니다. 따스한 햇살을 받으며 어머니 아버지와 산골길을 걷는 것은 즐겁습니다. 산골길은 갈 때마다 새롭습니다. 나뭇잎과 장난하던 바람은 떨메를 건드립니다. 풀꽃들과 이야기도 하고 새 이름 꽃 이름을 어머니께 묻기도 합니다.

 "엄마 저 새는 왜 저렇게 울어?"

 "글쎄다."

 "글쎄가 뭐야. 왜 저렇게 우냐구?"

 떨메는 한 번 물으면 대답을 들어야만 그칩니다.

 어머니는 이야기를 시작했습니다.

 옛날 아주 옛날, 그러니까 하느님이 처음으로 세상 만물을 만드시고, 모든 새들을 불러 놓고 이르셨단다.

 "이제부터 이 하늘과 땅과 물 속을 마음대로 사용해

도 좋다. 그리고 각기 원하는 대로 집을 짓고 새끼를 기르며 행복하게 살도록 해라. 허나 다음달 3일까지 집을 완성해야 하느니라."

하느님의 말씀이 끝나자 어디에다 어떻게 짓고 살 것인가를 새들은 여기 저기 모여서 의논을 하였습니다. 그때 커다란 붕새가 우렁찬 목소리로 여러 새들을 향해 외쳤습니다.

"우리는 아직 경험이 없습니다. 혼자의 생각보다는 여럿이 모여 좋은 의견을 모으면 아주 좋은 집을 지을 수 있을 것입니다."

그러나 새들은 서로 자기의 의견만을 지껄이므로 누구의 의견도 들을 수 없었습니다. 그때 극락조가 외쳤습니다.

"여러분, 여러분. 조용히 해 주셔요. 잠깐만 귀를 기우려 주셔요."

겨우 잠시 조용해지자 천천히 말했습니다.

"모든 새들이 모여 회의를 진행하기에는 우리 새로서는 힘이 미치지 못합니다. 우선 몇 개의 모임으로 나누어 의견을 교환합시다."

떨메와 달궁이

반대의 의견도 있었으나 대체로 그의 의견이 좋겠다고 받아들여졌습니다.

"큰 새는 큰 새끼리, 작은 새는 작은 새끼리 모입시다. 색깔대로 모입시다. 노란 새는 노란 새끼리. 빨간 새는 빨간 새끼리. 아니 재주대로 모입시다. 노래를 잘 부르는 새끼리, 춤을 잘 추는 새끼리."

그러나 그것도 쉬운 일이 아니었습니다. 의견이 너무 많아서 좋은 의견이고 어리석은 의견이고 통일될 수도 받아들여 질 수도, 아니 알아들을 수조차 없었습니다. 시간은 제법 흘러갔습니다. 나중에는 소리로 꽉 차 새들도 정신을 잃고 멍하니 상대만을 쳐다보다 보니 잠시 조용해졌습니다.

극락조가 다시 말했습니다.

"땅 위에, 숲 속에, 나무 위, 물 속…. 어디에 집을 지을 것인가를 결정한 다음 그들끼리 모여서 의견을 나누는 것이 좋을 것 같습니다."

그러나 그것을 당장 결정한다는 것이 어렵다는 등 의견도 많았고 그 의견에 대한 의견도 많아 시간만 자꾸 자꾸 흘러갔습니다.

1부 떨메와 달궁이

그런데 갑자기 하늘이 컴컴해져서 새들은 놀랐습니다.

'웬일일가?'

조용해졌습니다. 너무나 시간이 흘러 지루하여진 붕새가 날개를 펴고 기지개를 켰던 탓으로 햇살이 잠시 가려졌던 모양입니다. 붕새는 갑자기 조용해지자 깜짝 놀라 얼른 날개를 접어 고요함을 맛본 후 다시 시끄러워지려 합니다.

붕새가 말했습니다.

"우선 각자가 자기의 의견대로 집을 짓도록 합시다. 하느님은 각자에게 각기 다른 재주를 주셨으니 자기의 재능대로 자기의 의견에 따라 각자 자기의 보금자리를 만들도록 합시다. 그리고 이웃집과 의견을 나누며 서로 도웁시다."

새들은 그것이 좋겠다고 생각하고 각기 헤어졌습니다. 새들은 집을 지을 곳을 선택하는 것도 모두 달랐지만, 재료도 재료를 모으는 방법도 집의 생김새도 모두가 달랐습니다. 그러나 모두들 열심히 지었습니다.

이때 뻐꾸기는 생각했습니다.

'깊이 생각하는 것은 어리석은 일이야. 모두가 집을 지으면 나는 그것들을 모두 구경한 다음 좋은 점만 모으면 쉽고도 훌륭하게 집을 지을 수 있어. 즐겁게 노래나 부르자.'

뻐꾸기는 자신이 들어도 참 노래를 잘 합니다.

해가 뜨고 지고 뜨고 지고 새들이 집을 완성할 때가 되었습니다.

'이만한 시간이 흘렀으니 어디 슬슬 구경을 할까.'

뻐꾸기가 좋은 방법을 종합하기로 결정하고 날아다니며 보니 새마다 각기 특이하고, 자기 나름대로 자신의 형편에 적합한 것으로서 좋은 점만을 모두 한데 모은다는 것이 무척 힘이 들었습니다.

그래서 뻐꾸기는 다음과 같이 계획을 세웠습니다.

'튼튼하게 짓자. 바람도 비도 뜨거운 햇살도 모두 막을 수 있도록 단단하게 짓자.'

그리고는 산을 빙빙 돌았습니다. 튼튼한 집을 짓기 위하여 재료를 모으기에는 시간이 부족합니다. 더욱이 귀찮고 힘든 일이기도 합니다. 뻐꾸기는 다른 새들이 모아놓은 재료를 얻기로 마음을 정하였습니다.

1부 떨메와 달궁이

41

그때, 까치를 발견하였습니다. 까치는 부지런히 재료를 많이도 모아 놓았습니다. 귀한 물건은 모두 다 모은 듯했습니다. 그는 그의 새끼를 기를 보금자리를 만들기 위해 어디서 구했는지 번쩍번쩍 빛나는 보석까지도 있었으니까요.

이를 본 뻐꾸기는 지금까지의 계획에다 하나를 더 덧붙였습니다.

'집의 곁에는 보석을 박자. 그리고 누구나 다 잘 볼 수 있는 곳에 자랑스레 걸어두자. 그러면 모든 새들이 부러워하겠지.'

까치가 집을 짓고 있는 곳으로 갔습니다. 까치는 집을 지었다간 헐고 지었다가는 헐고, 이제 막 거의 다 짓고는 쉬고 있는 참입니다. 아니, 저 번쩍번쩍 빛나는 보석을 어디인가에 붙이고 싶은데 어디가 좋을지 그것을 열심히 생각하는 중이었습니다.

"까치 님 무얼 하셔요?"

인사하며 뻐꾸기가 다가오는 것도 까치는 실은 몰랐습니다. 그의 날갯짓이 코앞에 다가왔을 때에야 비로소 알았습니다.

떡메와 달궁이

42

"당신은 참으로 멋져요. 벌써 거의 다 지었군요. 부지런도 하셔라. 어떻게 이렇게 좋은 생각을 하셨나요?"

까치는 뻐꾸기의 다정한 칭찬의 소리가 싫지 않았습니다. 집을 거의 다 완성했고, 까치 스스로가 생각해도 잘 지은 것 같았으니까요.

까치는 뻐꾸기의 칭찬에 신이 나서 자기 집의 훌륭한 점을 이야기하기 시작했습니다. 땅 아래의 적으로부터 습격을 피하기 위하여 높이 지었으며, 안전하게 하기 위해 가지와 가지 사이에 나뭇가지들을 얼마나 열심히 엮었는가를. 그리고 포근하고 아늑하게 하기 위해 깃털을 사용하였고, 바람과 햇살의 길을 막지 않고 적당히 터주며 가리고 있는지를...... 설명을 하기에 정신이 없습니다.

까치가 설명을 하고 자랑스레 뻐꾸기의 얼굴을 찾았을 때에는 이미 뻐꾸기는 보석을 들고 도망친 후였습니다.

까치는 보석이 아깝습니다. 뻐꾸기가 괘씸합니다. 보석이란 실상 집짓기에 꼭 필요한 물건은 아니며 지금 붙일 곳이 마땅치 않아 고심하던 중이었습니다만 빼앗기고 보니 더욱 아깝습니다.

뻐꾸기는 까치의 집에 관심이 있는 것이 아니었습니다. 까치의 이야기를 듣는 척하며 그 번쩍번쩍 빛나는 보석을 슬쩍 가지고 돌아왔습니다.

뻐꾸기는 이제 보석이 있는 이상 누구나 잘 보이는 곳에 자랑스레 짓겠다는 것이 집짓기에 제 일의 목적이 되었습니다. 남에게 잘 보이기 위해서는 우선 힘이 미치는 한 크게 지어야겠습니다. 벽도 지붕도 튼튼히 지었습니다. 그리고 보석을 박았습니다. 누구나 잘 볼 수 있는 곳은 아무래도 큰 나무의 가지 끝이라고 생각했습니다. 그리하여 큰 나무 가지 끝에 무겁고 큰 그리고 번쩍번쩍 빛나는 집을 달아놓았습니다. 지나가던 새들도 다시 한 번 돌아보곤 하였습니다. 자랑스러웠습니다.

마지막 하느님이 정하신 시련의 시간이 다가왔습니다.

까치의 집에 뜨거운 햇살이 비칩니다. 큰 나무 속에 지은 집이기에 나뭇잎들이 그늘을 만들어 줍니다. 아주 시원하여 좋았습니다.

무서운 바람이 붑니다. 큰 나뭇가지와 나뭇가지 사이

에 단단히 엮어 놓았으니 안심인가 싶었는데 바람에는 큰 나무도 정신을 못 차리고 흔들립니다. 까치와 까치 집은 나무와 함께 흔들립니다. 까치의 가슴이 조여옵니다. 바람이 까치집으로 들어갔으나 그대로 지나쳐 나옵니다.

다음엔 큰비가 옵니다. 나뭇잎 깃털 나뭇가지들이 보살펴 주어서 빗물은 까치집을 지나 그대로 땅으로 떨어집니다. 추위와 눈 등 많은 시련을 주셨지만 정성껏 엮어 만든 작은 집은 시련을 이겨내고 새날을 맞게 되었습니다.

또한 똑같은 시련이 뻐꾸기에게도 왔습니다.

햇살이 쏟아집니다. 뻐꾸기 집은 다른 새들이 보기 쉽도록 가지 끝에 지었기에 보석이 햇살을 마음껏 받아 찬란한 빛을 반짝입니다. 빛나는 이 집이 뻐꾸기의 집임을 온 세상에 소리쳐 자랑하고 싶습니다. 집에서 나와 보석빛과 어울리는 찬란한 공중 춤을 춥니다. 집과 춤은 참으로 잘 어울립니다.

비가 억수같이 쏟아집니다. 그러나 걱정 없습니다. 단단한 뻐꾸기 집은 물 한 방울 들어오지 않게 만들었으니까요.

이번엔 바람이 붑니다. 아무리 몰아쳐도 상관없습니다. 한 점 바람이 들어오지 않는데 어깨춤이 저절로 추어집니다. 집이 바람에 흔들리는 것은 춤추기 좋게 하는 무대 같았습니다. 너무 좋아 깡충 깡충 뜁니다. 그러나 바람이 통하지 않는 큰 집은 바람받이가 되어 단단히 묶어놓은 나뭇가지까지 꺾어지게 만들어 뻐꾸기 집과 나뭇가지는 바람에 휘말려 땅으로 곤두박질되고 산산조각이 되어 뻐꾸기는 몸에 멍이 들었습니다.

까치는 그 때 뻐꾸기가 훔쳐 간 보석이 아까워 지금도 반짝이는 것을 보면 모으고 싶어하는 습성이 있습니다. 한 편 뻐꾸기는 새끼를 낳을 때가 되면 까치의 집을 찾아가 주인이 없는 틈을 타서 몰래 제 알을 낳고는 돌아와 슬피 웁니다. 즐거운 노래를 부르려 해도 슬픈 목소리만 흘러나옵니다.

그래서 뻐꾸기의 소리를 들으면 왠지 고향생각이 나고 슬픈 마음이 된단다.

떨메가 엄마에게 물었습니다.

떨메와 달궁이

"엄마. 저 소리가 슬픈 거야?"

"글쎄다."

어머니는 떨메를 보고 빙그레 웃었습니다. 아버지도
행복하게 웃었습니다.

떨메는 작은 풀꽃을 찾아 또 관심을 보였습니다.

"엄마. 이 꽃은 이름이 뭐야?"

어머니 아버지 떨메의 이야기는 끝임이 없이 이어졌
습니다.

햇살이 온 세상을 따스하게 비쳤습니다.

'아! 엄마—'

5. 고맙다. 아들아!

오늘은 할머니의 생신. 축하 손님이 많이 오셨습니다.

호수도 그의 어머니와 함께 왔습니다.

호수는 떨메가 엄마 아빠랑 서울에 살 때 자주 만나서 놀았고 친했습니다.

"오빠"

떨메는 호수를 반갑게 부릅니다.

호수는 사람들이 떨메 부르는 것을 한참 바라보더니 떨메에게로 다가와

"왜 네 이름이 떨메야?" 하고 묻습니다.

떨메는 빙그레 웃으며

떨메와 달궁이

"내가 떨어진 메주 같다고. 아주 못 생겼다는 뜻이야."

"너를 ???"

호수는 이해가 안 되는 모양입니다.

떨메가 덧붙입니다.

"개똥이가 안 된 게 다행이야."

"너 학교 가면 놀림받겠다."

호수의 말에

"아냐. 학교 가기 전까지만 그리 부르신대. 이름이 바뀌니 내가 이상해?"

둘이는 싱긋 웃었습니다.

"할머니는 맨 처음 나를 보시고 '아휴 이 미운 놈' 하시며 예뻐 어찌할 줄 몰라 하시더라고."

"왜 그러시는 거야?"

"예쁘다 귀하다 하면 귀신이 샘을 낸다나? 귀할수록 천하게 부르고 막 길러야 된데."

둘은 또 후후 웃었습니다.

"할머니는 옷도 나들이 가거나 명절 오늘같이 손님이 많이 오시는 날만 예쁜 걸 주셔."

1부 떨메와 달궁이

"속 상하겠다."

호수의 말에

"아냐. 흙에 구르고 험하게 놀아도 꾸중을 안 하셔.
튼튼하게 마음껏 뛰어 놀면 착하대."

"떨메야. 이거."

호수는 떨메를 위하여 자기가 좋아하는 전자 오락기
를 선물로 줍니다.

전자 오락기 가지고 노는 방법을 설명하고 있을 때
할머니 방에서는 이따금씩 웃음소리가 들립니다.

"오빠. 안방에선 뭐가 재미있나봐. 가볼까?"

떨메의 말에 호수는 시큰둥합니다.

"우리 외할머니 이야기 하나 봐."

"뭔데?"

"지난 번...... 두어 달쯤 전 일이야."

호수가 출출해 집에 들어서는데 어머니가 저녁식사
준비를 하고 계십니다.

"아니, 벌써 저녁준비가? 구수한 냄새. 웬일이야 엄
마."

호수가 큰 소리로 떠들며 들어갑니다. 현관을 들어
설 때, 아니 오늘처럼 배가 출출할 때의 음식냄새는 마
음을 흐뭇하게 합니다.

"아니! 할머니까지 주방에!?"

장난기 어린 목소리로 놀람을 나타냅니다. 할머니는
주방에 별로 나오는 법이 없으셨습니다.

"뭐 먹을 게 마땅치를 않아서."

할머니 말씀에

"옳으신 말씀. 할머니. 반찬이 영 신통칠 않죠?" 하니

"응_" 하십니다.

헌데 이상한 일입니다. 반찬투정을 좀 하려면 '새털
같은 날 어찌 다 갖추어 먹느냐. 네 어미는 끼니 해 대
기 고생이 많구먼.' 하시며 핀잔을 주셨는데.

"이상한데?" 하고 호수가 의문을 나타내니까

"이따가 너의 외삼촌 오신 단 말 듣고 저리 서두르신
단다.

어머니의 말씀입니다.

"외삼촌이 웬일이세요?"

"이 근처에서 손님을 만나 저녁 식사를 하신대."

할머니는 어머니의 저녁준비 상황이 영 미덥지 않으
신 모양입니다.

"시장에 좀 다녀오지 않구."

혼잣말을 하며 방으로 들어가려다가 다시 뒤로 돌아
서시며

"언제 온다고?"

"저녁예요. 손님과 식사를 하고 온대요."

어머니의 대답에

"밖에 음식이 어련 하려고."

혼자서 중얼중얼하며 들어가려다 가는 또 돌아서시며

"별일들은 없다냐?"

"예. 잘 들 있대요."

어머니의 퉁명스런 대답입니다.

"오래 살아서 애들 귀찮게 하는 구나. 바쁜데 안 오
면 어때서."

또 혼잣말로 중얼중얼하며 들어가십니다.

외삼촌이 오는 날, 즉 아들이 오는 날 외할머니는 한
자리에 누워 계시지를 않고 계속 왔다 갔다 하십니다.

아버지가 퇴근하여 오셨고 저녁식사는 시작하려는데

떡메와 달궁이

할머니가 안 보입니다.

"호수야, 할머니 모시고 오너라."

할머니는 방안에 앉아 계십니다.

"먹고 싶지 않다. 조금 있다 먹으마. 먼저들 먹어라."

할머니는 외삼촌을 기다리심이 틀림없습니다.

그날 외삼촌은 저녁을 먹고 치우고도 한참 늦은 시간에서야 손님 만나는 일이 끝났다며 전화를 하셨습니다.

"할머니 주무시니?"

"아니요. 외삼촌 기다리고 계셔요."

"그럼, 들릴게."

"저녁 드셨어요?"

"그럼"

식사와 약주를 하셨다고 했고, 기분이 매우 좋으신 듯했습니다.

할머니가 시장하실 것 같습니다.

"할머니 저녁 진지 드릴까요?"

"괜찮다. 별로 생각 없다."

"외삼촌한테서 전화 왔는데요."

"오면 먹지."

"외삼촌은 식사를 했대요."

"알았다. 조금만 더 기다리지."

호수는 전날 친구네 집에서 놀다 늦게 돌아온 일이 있었습니다.

어머니도 저렇게 기다리셨겠지 생각하니 부끄럽고 다음에는 일찍 다녀야 되겠다 싶습니다.

할머니의 기다림에도 불구하고 외삼촌의 방문은 매우 늦었습니다. 할머니는 계속 시계를 쳐다보십니다.

"땡동"

초인종 소리에 부지런히 일어서려는데 할머니가

"삼촌인가보다. 어서 나가봐라."

황급히 문을 열었을 때 외삼촌에게서는 술 냄새가 납니다.

"할머니 기다리고 계셔요."

"그래?"

할머니는 벌써 현관까지 나오셨습니다.

"쉬지도 못하고 들렀구나. 내가 너무 오래 살아서 너희들 고생이 많다."

몇 달에 한 번 오시는 외삼촌인데 무엇을 그리 고생
시키는 것인지 호수는 알 수가 없습니다.

"무엇 먹을 것 좀 가지고 오렴"

할머니는 어머니에게 재촉을 하십니다.

　저녁상을 들고 들어가는 어머니를 따라 방으로 들어
가니 할머니와 외삼촌은 이야기를 나누고 텔레비전에
서는 제주도의 풍물이 소개되고 있습니다..

"은철인 잘 크고?"

"네."

"경희는 학교 잘 다니고?"

"예"

"은철이 어미도 잘 있고?"

"예."

"어서 밥 먹자."

"지금이 몇 신데요. 먹었어요."

"잘 했다."

"어머니. 어서 드셔요."

　텔레비전에 나오는 유채 꽃밭이며 바다말 돌하르방
등이 멋있습니다.

호수는 텔레비전을 감탄스레 쳐다보다가

"할머니 멋있죠?"

"그래. 좋다. 벌써 꽃이 피었구나."

"어머니도 제주도 구경 한 번 가 보시겠어요?"

외삼촌의 말에

"구경은 뭘."

하시는 할머니의 말씀에 외삼촌은

"그래요. 어머니는 땅만 쳐다보고 다니시니 어딜 가시면 뭘 하셔요."

"그래. 사람들 빨리 쫓아가지 못하니까 미안스럽기만 하고."

호수는 바람 한 번 훨훨 쏘여 봤으면 좋겠다던 며칠 전 할머니의 말씀이 생각나서

"삼촌. 할머니 바람 훨훨 쏘여 보고 싶다고 하셨어요."

하고 구경 시켜드렸으면 싶어서 말하니

"어머니, 제주도 여행 한 번 다녀오셔요."

"니나 가렴. 늙은이가 뭘."

"할머니. 비행기도 타시고요. 구름 위를 날 수도 있

어요."

하고 호수는 자기가 비행기를 타 듯 신나서 떠드니

"돈이 많이 들 걸?"

할머니의 말씀입니다. 이것은 내심 가고 싶다는 속마음일 것만 같아

"할머니는 언제나 돈 돈 돈..." 하니

"제주도에 콘도가 있어 돈 얼마 안 들어요."

외삼촌의 말씀입니다.

"어지럽기만 하겠지 뭐."

궁한 변명을 하지만 무척 가고 싶은 표정입니다.

"외삼촌. 할머니는 좋아하시면서 괜히 그러시는 거예요. 전날 명석이 할머니 제주도 가실 때 얼마나 부러워하셨다 고요."

"내가 언제. 쟤는 괜히 "

호수를 쳐다보며 핀잔을 주시지만 알고 있습니다. 할머니가 가고 싶다는 걸.

외삼촌도 외할머니의 속마음을 알고 있나 봅니다.

"어머니. 그럼 제주도 다녀오시는 걸로 하셔요."

하고 외삼촌은 결정을 내립니다.

"미안해서....."

우물쭈물하지만 금시 낯빛이 환해지십니다.

"명석이 할머니도 자랑하더라."

그러시더니

"너희들 고생시켜서."

"철이 어미는 이미 다녀왔고 저는 가서도 일이 있어 구경을 못했으니 이 번엔 제가 어머니 모시고 갈게요."

할머니는 기도하듯 두 손을 맞잡고 기뻐하십니다. 꼭 아이들같이 좋아하십니다.

외삼촌을 쳐다보더니

"그래도 괜찮겠니?"

하고 물으십니다.

"그럼요."

"사람은 오래도 살고 볼 게로구나. 제주도엘 다 가다니. 비행기도 타보고. 무슨 굴인가 있다는데 아주 길다며? 바닷가에 용머리도 있구."

"아니 어머니가 제주도를 어찌 그리 잘 아세요?"

"명석이 할머니 제주도 갔다와서 늙은이가 웬 자랑을 그리 하는지. 내일 만나면 나도 간다고 해야지."

1부 떡메와 달궁이

다리도 아프고 어지럽기만 할거라 더니 금시 마음이 들뜨셨습니다.

어머니가 찻상을 들고 방으로 들어오십니다.

"어머니. 외삼촌이 할머니 모시고 제주도 구경 가신 대요."

할머니는 뽐내시듯이 어머니에게

"아범이 날 구경시켜준다는 구나. 제주도엘. 돈도 많이 들텐데. 비행기도 타고 간단다. 저도 회사 일이 바쁠 텐데."

"좋으시겠네요. 언제 가시는데?"

믿어지지 않는지 건성 물으십니다.

"날짜는 다시 연락 드릴게요."

삼촌 말씀에 어머니는

"가시게 되면 미리 연락해 줘."

자주 오지 않던 삼촌이 갑자기 할머니 여행을 시켜드린다니 어머니는 영 믿어지지 않는 모양입니다.

'할머니가 저렇게 좋아하는데 못 가시게 되면...'

어머니의 표정을 보게되자 은근히 호수는 겁이 납니다.

그런지 며칠 후 삼촌에게서 전화가 왔고, 삼촌은 할머니를 모시고 제주도로 여행을 떠나셨습니다.

여행 중 외삼촌은 할머니의 건강이 염려되어
"힘들지 않으셔요?" 하고 여쭈면
"아니다. 명석이 할머니는 어디도 어디도 다녀왔다는데 이왕 돈주고 왔으니 다 보고 가자."
하시며 적극적으로 다 따라 나서시다가 드디어 셋째 날 만장굴에서였답니다.
"어머니, 좀 더 들어가 보시겠어요? 울퉁불퉁한 길이 걷기에 힘드실 것 같아요." 외삼촌 말씀에
"그래, 고만둘 란다. 여기까지 왔으니 됐다.
"그러세요. 별 것 없고 계속 이런 굴이겠어요."
"그래, 그래도 너는 끝까지 보구 와라. 이왕 왔으니."
할머니의 말씀에
"그러세요. 그러면 입구에 그냥 앉아 계셔요. "
삼촌은 더 들어가고 할머니는 입구 의자에 앉아 계십니다. 서울에선 날씨가 찬 기운이 돌았으나 따뜻한 햇살이 포근합니다. 여기저기 둘러봅니다. 예쁘게 차려입

1부 떡메와 달궁이

은 신혼부부가 많습니다. 한복도 입고 양장도 하고 ,팔
짱을 끼고 정답습니다. 한복이 고와 보입니다. 할머니
가 시집을 온 날도 날씨 포근한 봄날이었습니다. 할머
니도 예쁘게 차려 입었었고 사람들은 모두 색시가 예
쁘다고 선녀 같다고 했습니다. 부끄러워 무언가 모든
것이 부끄러워 쳐다보지를 못했었습니다.

사방을 둘러봅니다. 가족이 함께 오기도 했습니다.

'아들도 제 처와 자식들을 데리고 오고 싶었을 터인
데.... 어미를 데리고 온 걸 보면 참으로 효자다.'

'어머니 모시고 온 아들이 어디 있는가.'

입구의 오른쪽엔 상점들이 있습니다. 아들에게 계란
을 하나 사 먹이고 싶습니다. 속 든든하게. 옛날 아들
어려서 소풍 갈 때도 먹을 것을 풍족히 못 싸 주었는
데. 상점에 다가가 들여다 보니 계란 같이 든든한 먹거
리는 없습니다. 갖가지 물건들이 휘황하니 진열되어 있
으나 선물할 물건들만이 있습니다.

구경을 하다 보니 며느리 생각이 납니다. 무엇을 하
나 사다 주어야 할 텐데. 막상 고르려니 마땅치가 않습
니다.

'반지를 사다 줄까 싶은데 이런 데서 사는 반지가 며느리 마음에 들런지. 쟁반을 살까? 과자 담는 나무그릇을 살까? 고추장 담글 때 쓰는 긴 주걱을 살까? 주걱은 살림에 꼭 필요는 하나 너무 싼 게 아닐까?'

우선 며느리에게 줄 쟁반을 하나 골랐습니다. 돈을 지불하려다 보니 딸들이 걸립니다.

'딸들에게도 선물이 있어야 하겠는데 필요한 주걱을 살까? 아니지 며느리와 혹시나 비교하지는 않을까? 딸들이란 말이 많아. 그냥 며느리와 같은 걸 사?'

딸들의 몫으로 쟁반 둘을 더 살까 주걱을 살까 망설이는데 상점 주인이

"할머니 돈을 꺼내다 마시고 무얼 하세요."

재촉을 한다.

우선 며느리에게 줄 쟁반을 사고 보니 제법 시간이 흐른 것 같습니다. 딸들의 선물은 나중에 사고 우선 아들을 기다리기 위해 입구로 돌아옵니다. 혹시나 아들이 나와 어머니를 찾고 있는 것은 아닐까? 사방을 두리번거려 보지만 아들은 없습니다. 바로 입구 옆에 있는 상점인데 못 찾았을 리는 없습니다.

1부 떨메와 달궁이

아들이 돌아오지 않습니다. 화장실에 가고 싶은데 아들이 찾을까 싶어 잠시 참고 기다려 봅니다. 참기 힘들어 서둘러 다녀옵니다. 아들이 나오지를 않습니다.

'제법 어두워지려나?'

시간이 많이 흘러 어두워지나 하고 하늘을 보는데 해를 가렸던 구름이 지나가 다시 밝아집니다.

할머니는 의자에 앉아 생각에 잠깁니다.

'석이 할머니는 여행을 자주 했고 갔다 올 때마다 자랑을 했는데 그럴 때마다 말은 안 했지만 속으로 무척 부러웠고 주눅이 들었다. 헌데 우리 아들은 비록 한 번이기는 하지만 여행을 시켜줘도 이렇게 호강스레 시켜주지 않는가. 그 동안 주눅들을 필요가 없었는데. 이번에 집에 가면 자랑을 하리라, 집 떠나면 고생할 줄 알았는데 잠자리도 참 좋다. 차를 타고 다니기 때문에 걷는 것도 생각보다 훨씬 수월하다.'

자랑거리를 이것저것 생각하니 아들이 참으로 고맙습니다.

할머니는 석이 할머니에게 이야기 할 이런 저런 자랑거리를 생각하다가 피곤에 깜빡 풋잠이 들었습니다.

떨메와 달궁이

아들이 부르는 것 같아 정신이 번쩍 나며 쳐다보니 여행객들이 서로 부르는 소리입니다.

할머니는 주위를 살펴보니 모두 모르는 사람들만이 있었고 새삼스레 낯이 섭니다.

'내가 깊은 잠이 들었던 건 아닐까?'

'철이 아범이 아직도 안 나온 것일까? 시간이 많이 흐른 것 같은데?'

'나를 못 찾고 갔을까?'

'그럴 리는 없다. 입구에 앉았었는데. 그럴 리가'

'우리 아들이 그럴 리가……'

그런데 왜 가슴이 쿵 내려앉습니다.

할머니는 힘차게 고개를 젓습니다. 그런데 가슴 한 구석에 써늘한 기운은 오히려 더 퍼집니다.

들어가 볼까 하고 일어서려다 다시 앉습니다. 괜히 길이 엇갈리면 큰 일입니다.

아들이 굴로 들어가며

"어머니, 꼼짝 말고 입구에 앉아 계셔요." 하고 일렀기 때문입니다.

할머니는 조바심이 납니다. 며칠 전 텔레비전에서는

제주도 여행가서 부모를 버리고 가는 자식이 있다고 방송하는 것을 보았습니다.

아이들에게는 그런 거 못 본 척했지만 다 보았습니다.

'설마, 우리 아들이?!'

해도 어둑어둑 해지는가? 벌써 저녁 해가 되는가 봅니다. 해가 어디 있는가 찾으니 보이질 않습니다.

'구름 속에 든 건가?'

하늘을 쳐다봅니다.

가슴에서 두근두근 쿵쿵 소리가 납니다.

제주도 여행을 올 때 딸이

"웬일이어요? 철이 아범이 여행을 다 시켜드리고."

할머니는 몹시 화가 났습니다.

"너 철이 아범이 어때서 그러니. 그 동안 바쁘니까 그랬지. 이것 봐라. 너는 나 비행기 태워 여행 데리고 가 봤니? 비행기 태워 구경시켜준다고 하지 않니. 철이 아범은 효자다."

할머니가 아들 자랑을 하니 무어라고 종알종알 대면서 돌아서는 것이 꼭

"효자이구먼요. 버려도 효잔가? 효자면 모시고 좀 살

지. 인사도 제대로 안 오는 놈을."라고 말하는 것 같았습니다.

"너 지금 무어라고 했니?" 라고 사실을 따져 묻고 싶었지만 그러면 아니라고 할 테고, 설사 또 그렇다고 대들면 그도 뭐라고 대답할 말이 없어 아무 말 않고 그만두었습니다.

'정말로 버리고 간 것은 아닐까?'

한 달 전인가 둘째딸이 왔다가

"어머니. 철이 아범은 언제 다녀갔어요?"

"요즈음 소식이 없어 궁금하다. 무고들 한지?"

그러니까 둘째딸이

"그 녀석은 소식도 한 번 못 전해. 재산 가질 때는 아들이라고 나서드니."

둘째딸이 아들을 헐뜯었습니다.

"하나뿐인 동생을 그리 헐뜯니. 그 아이 귀 따갑겠다."

그랬더니 수그러들기는커녕 더 크게

"귀 좀 아파야 돼. 못된 놈."

'아들은 누이들이 헐뜯는 것 귀찮아 나를 버리고 갔

을까?'

금년 명절 때이다. 아들에게서 전화가 왔다.

"어머니. 어머니 뵈러 갈게요,"

"그래 보구 싶으니 와라. 바쁘지 않으면...."

전화를 놓고부터 계속 기다렸다. 그런데 명절날 전날 저녁 늦게서야 와서 제 집으로 데리고 가더니 다음날로 다시 딸네 집에 데려다 놓고 갔다.

'명절에도 며칠을 모시지 않던 아들이 명절도 아닌데 왔다 갔고, 갑자기 여행을 시켜준다고 한 것도 이상하다.'

명석이 할머니가 여행을 함께 가기를 조르던 때가 있었다. 그때 철이 아범에게 넌지시 물으니

"노인은 가셔야 고생만 하셔요."

하지 않았는가.

그리고 그 후 명석이 할머니 여행 간다고 할 때였다.

"그 애들은 마누라에 애들이랑 여행도 잘 다니면서 저의 엄마도 한 번 시켜드리지"

큰 딸 말에

"너는 네가 못 시켜주면 그만이지 왜 걸핏하면 네 동

생 헐뜯냐. 난 여행 같은 거 가기 싫다."

큰딸의 말을 막았다.

'헌데 이 번은 마누라는 안 데리고 오고 혼자서 어미만 데리고 온 것도 이상하다.'

'딸년들이 하나밖에 없는 내 아들을 하 헐뜯으니 그 애가 혹시?!'

'내가 못 본 사이에 슬쩍 나간 건 아닐까?'

기다려도 기다려도 아들이 나오지를 않는다. 제주도가 어디냐. 바다 건너가 아니냐. 아들이 만약 버리고 갔다면 .... 아무 정신이 없다. 그저 아득하니 꿈을 꾸는 것만 같다. 손을 만져보았다. 혹시 꿈이 아닌가 하고. 꿈은 분명 아니다.

"설마, 우리 아들이? 아냐."

고개를 흔드는데

"무얼 그리 중얼거리세요."

쳐다보니 아들이 웃고 있습니다.

"아들아, 고맙다!"

할머니는 아들을 붙들고 엉엉 울었습니다.

"어머니. 어머니. 왜 그러셔요. 왜 우셔요."

"나는 네가 나를 버리고 갔는가 하고...."

"식구들은 이 이야기를 듣고 모두 웃었어. 지금도 안방에서 또 그 이야기를 하는 건 아닌지 모르겠어."
호수는 이 이야기를 듣고 할머니가 불쌍하다고 했고 떨메도 눈물이 납니다.
어른들은 떨메가 전혀 우습지 않을 때 소리까지 내가면 호들갑스레 웃는가 하면 웃음을 참을 수 없을 때 웃지 않는 것을 이해할 수가 없습니다.

6. 할머니의 외출

마을의 할아버지 할머니들이 여행을 떠나기로 하였습니다. 떨메 할아버지 할머니도 함께 가기로 약속을 하셨지만 떨메 할머니는 처음에는 제일 좋아하시는 듯하더니 선뜻 나서지를 못하고 망설이십니다.

"어린것이 어찌 혼자 있는담"

떨메를 혼자 두고 여행을 떠나기가 영 염려스러우신가 봅니다.

"할머니. 제 걱정 마시고 다녀오셔요. 제가 아기인가요?"

"할미 없이도 잘 지낼 수 있겠어?"

"그럼요. 명희도 있고 칠성이도 있고 아람이도 있고 세거리 아주머니도 있고 동네 아주머니들은 거의 다 그냥 계신데요 뭐."

"그래? 명희 엄마가 돌봐준다고는 했다. 밥도 명희네서 명희와 함께 먹고. 잠자리도 보살펴 주실 게고."

"그것 보셔요. 제 걱정일랑은 마시고 여행이나 즐겁게 다녀오도록 하셔요."

말은 그리하지만 떨메 역시 걱정이 없는 것은 아닙니다. 아니 걱정이 됩니다. 밥도 밥이지만 밤에 혼자 잘 일이 난감합니다. 명희엄마가 보살펴 주신다고는 하지만.... 그리고 할머니와 늘 함께 했는데 그 많은 시간을 혼자 지내야 한다니 겁이 납니다.

할머니는 분주하십니다. 여행동안 떨메가 먹을 것이며 잠잘 것 갈아입을 옷까지도 모두 챙기십니다. 할머니 안 계신 동안 비가 올 것을 대비해서 그리고 해가 내리쪼일 것을 예비해서 들로 밭으로 바쁜 나날을 보내셨습니다. 그리고 틈틈이 여행준비도 하시더니 드디어 할머니는 동네의 어른들과 놀이 겸 관광 여행을 떠나셨습니다.

첫째 날입니다.

떨메만 있는 빈집은 참으로 조용합니다. 조용한 것만 이 아니고 온 세상이 텅 비어 있습니다. 할머니 할아버지만 나가신 건데 세상이 온통 껍데기만 있고 속이 모두 빈 것 같습니다.

마루에 걸터앉아 할머니가 두고 가신 과일 그릇을 봅니다. 앵두 오디 왕보리수 살구 등 갖가지 과일들을 따기도 하고 주워 놓기도 하셨지만 서울에서 산 것과 같이 볼품이 있지 않습니다. 떨메는 찌그러지고 상처 난 과일을 마당에 버립니다.

볏이 빨간 닭 한 마리가 쪼르르 달려나옵니다. 닭은 발로 땅을 긁기도 하고 고개를 갸웃거리기도 하고 입으로 땅을 콕콕 찍기도 합니다. 맨땅을 보고 무얼 그리 분주히 쪼는지 떨메는 닭이 하는 모습을 열심히 바라봅니다.

닭은 떨메가 버린 살구로 쪼르르 달려갑니다. 고개를 갸웃갸웃 하더니 또 쫍니다. 떨메는 돌을 들어 닭을 쫓고 버린 살구를 집어 들여다봅니다. 무심히 들여다 본 살구 속에 몸을 감춘 통통한 벌레가 보입니다. 왠지 그 벌레가 귀엽고 측은 한 생각에 닭이 없는 곳으로 살구를 던져 버립니다. 그리고 떨메는 마루 위로 올라와 따뜻한 햇살을 받으며 닭이 하는 모습만을 구경합니다.

따스한 햇살이 떨메를 감싸주면서 떨메의 몸은 나른해 지고 정신이 몽롱해 지는가 하는데 어느 틈엔가 커다란 거인 도깨비 아니 허깨비? 거인? 떨메 앞에 나타납니다. 눈이 툭 불거지고 입이 크고 머리에는 뿔이 난 도깨비?는 키 크고 뚱뚱하기가 아빠의 열 배 아니 스무 배 아니 백 배나 됩니다.

"네 이놈. 너는 어이 하여 음식이나 과일을 함부로 버리느냐."

목소리는 집을 흔들고 뒷산까지도 쩌렁쩌렁 울립니다.

도깨비가 쳐든 칼은 햇살에 번쩍 번쩍 빛이 나서 번갯불처럼 비칩니다.

'목을 베려는 걸까?'

떨메는 숨이 멈추는 것 같습니다.

언제 나타났는지 쫓아버린 수탉이 고개를 끄덕이며

떨메와 달궁이

74

흐드러지게 웃습니다. 아주 고소하다는 표정입니다. 도깨비는 더욱 앞으로 다가듭니다.

떨메는 울 수도 없습니다. 누구를 부를 수도 없습니다. 정신은 허공으로 날아가 버리고 몸만이 남아 움직일 수도 없습니다.

이 때 수염도 몸도 하얀 풍채가 좋은 도사가 나무지팡이를 짚고 빙그레 웃으며 스르르 미끄러지듯이 밀려들어와

"열심히 농사 지어놓은 열매나 곡식을 함부로 한 죄 벌 받아 마땅하나 이 아이는 마음씨가 착하며 생명을 중히 여깁니다. 조금 전에는 나의 생명을 구하여 주었습니다."

'다정한 듯 하면서도 엄숙하게 말하는 도사는?

아! 아까 떨메가 구하여준 살구벌레의 얼굴이 아닌가?'

"맞다. 맞다."

저쪽 부엌에서 외치는 것은 진돗개 진순이의 얼굴이 틀림없습니다. 콧잔등을 쓸어 주면 다소곳해지던 떨메의 친구였죠.

1부 떨메와 달궁이

칠성이네 염소도 수염을 쓰다듬으며 천천히 끄덕 끄덕 찬성의 뜻을 나타냅니다. 언제 왔을까요. 칠성이네 염소. 떨메가 예뻐해 주었던 칠성이네 염소는.

도깨비가 마당을 빙 둘러보고 고개를 끄덕 끄덕 할 때마다 도깨비는 다리가 없어지는가 하더니 쿵 소리와 동시에 순간 사라지고 말았습니다.

깜짝 놀라 눈을 뜨고 보니 명희가 하얀 보자기가 덮인 쟁반을 마루에 내려놓으며

"떨메야, 낮잠 잤구나. 일어나 살구 먹어."

떨메는 마당을 둘러봅니다. 아무 것도 보이지 않고 진순이 만이 울밑에서 꼬리를 치고 있습니다. 떨메는 얼른 일어나 진순이에게 달려갑니다.

명희가

"진순이랑은 이따 놀고 살구 먹어."

떨메는 마루로 돌아와 앉으며

"우리도 살구 있는데."

하고 말하니 명희가

"그건 작고 볼품 없잖아. 이건 굵고 크고 맛있어. 그건 버리고 이거 먹어."

떨메와 달궁이

떨메가 펄쩍 뜁니다.

"과일이나 음식은 아껴서 먹어야지. 함부로 버리면 안 돼. 있을 때 아껴야지."

명희가 이상하다는 듯이 떨메를 쳐다보며

"지당하신 말씀. 헌데 지난번에 내가 아껴 먹으니까 서울 사람들은 이런 거 안 먹는다고 다 버리자고 했잖아."

떨메가 진순이를 보며 빙그레 웃습니다. 그러니까 진순이도 안다는 듯이 컹컹 짖습니다. 영문도 모르고 명희도 따라 웃습니다.

둘째 날입니다.

명희는 명희대로 바쁜 일이 많습니다.

떨메는 혼자만의 시간을 많이 갖게 됩니다. 혼자서 할머니와 함께 갔던 들에도 가보고 부엌도 공연히 드려다 보고 마당가를 어슬렁어슬렁 걸어봅니다.

방을 들어 서려다가도 부엌을 바라보다가도 바람이 살갗을 스쳐도 눈물이 돕니다. 할머니는 두 밤만 자면 오실 터인데 공연히 눈물이 납니다. 슬퍼집니다. 떨메

는 웁니다. 울다보니 더 슬퍼져서 소리내어 흐느껴 웁
니다. 한참을 울다 보니 마음이 가라앉습니다. 눈물을
닦고는 마당으로 나섭니다. 마당을 휘둘러보고 하늘을
보니 기분이 한결 가벼워집니다. 지나치던 마당가의 잡
초를 자세히 들여다봅니다.

떨메는 하나 둘 셋 넷…… 하면서 세어보는 습관이 있
습니다. 요즈음 들어서는 더 심해진 것 같습니다. 풀에
다가가 풀의 종류를 세어 봅니다. 잡초의 종류가 무척
이나 많습니다.

"하나 둘 셋 넷 다섯 여섯…. 열.. 스물…… 너무 너무
많아 떨메의 숫자로는 다 셀 수가 없습니다. 하나 둘
하나 둘…..하나 하나 짚어가며 하나 둘 하나 둘 만을
연거푸 하다가 그만 두기로 하고 이번에는 풀꽃을 보
며 세기를 시작합니다. 이 역시 너무 너무 많아 떨메가
아는 숫자로는 다 셀 수가 없어 하나 하나만 계속하다
가 꽃의 아름다움에 취해 떨메는 세는 것을 잊고 넋을
잃어 꽃을 들여다봅니다.

꽃의 종류가 이렇게 많은 줄도 몰랐지만 풀꽃이 이렇
게 예쁜 것도 처음 알았습니다. 크기도 모양도 다양하니

다. 얼마나 많은 빛깔과 모양과 자태가 어우러져 있는지 설명을 할 수가 없습니다.

섬세하고 아기자기한 것? 크고 시원시원한 것? 수수하고 은근한 것?.... 어떤 작~은 꽃은 그냥 보아서는 보이지도 않습니다. 할아버지의 돋보기로 보아야 합니다. 아주 작으면서도 다양한 무늬가 섬세하게 그려진 것도 있습니다. 꽃의 크기가 아주 큰 것에서부터 아주 작은 것까지 다양한 것도, 모양이 가지가지인 것도 놀랍습니다만 그 색 빛깔이 모두 모두 너무너무 예쁜 것은 놀라운 일입니다. 자기만의 독특한 아름다움을 모두 가지고 있습니다.

"어쩜 이토록 고울까!"

'꽃 하나 하나가 얼마나 아름다운가를 말로 설명할 수 있다면...'

"옛날엔 너희가 이렇게 예쁜 걸 왜 몰랐지? 난 너희들을 늘 보아왔었는데..."

떨메가 시금초에게 묻습니다.

시금초는 몸을 산들산들 흔듭니다.

"지금은 마음의 눈으로 보기 때문이야."

엉겅퀴가 대답합니다.

"마음의 눈?"

"마음의 눈으로 보는 게 뭐야?"

"음- 눈을 감아봐."

"눈을 감았어."

"눈을 감고 나를 생각해봐."

"............"

"내 모습을 생각해봐."

"......"

"내가 보이니?"

"응- "

"지금 너는 나를 마음의 눈으로 본 거야."

"....... 지금까지는......."

"지금까지는 네 마음이 우리를 보지 않았던 거야."

"아! 힘들다. 무슨 말인지 모르겠어."

"할머니와 함께 있으며 나를 볼 때 눈은 나를 보았지
만 마음은 다른 곳에 있었던 거야."

".................."

"지금은 네가 우리를 자세히 보다가 다른 건 다 잊고

우리만을 보고 우리만을 생각한 걸 거야.”

“…………”

“마음의 눈으로 보면 모든 것이 다 예뻐 보여?”

“아니, 네 마음이 예쁘니까 우리가 예쁘게 보이는 거고.”

‘? ? ? ? ? ?’

“파란 색안경을 쓰면 세상이 파래 보이지?”

“네 말을 알아들을 수 있을 것도 같애……그런데 어려워.”

“실은 나도 그래”

“너희들 참으로 아름다워.”

떨메는 한 걸음 뒤로 물러나 앉으며 사방을 둘러봅니다.

“할머니가 들에 나가셔서 집이 조용한 것하고 지금 할머니가 여행을 떠나신 후 집이 조용한 것하고 다른 것은 왜 그래?”

“…………”

“그것도 마음 때문이니?”

“그럴 것 같애”

마음이 무엇인지는 모르지만 여하튼 떨메와 엉겅퀴는 서로의 생각을 주고받았습니다.

"그럼, 지금 까진 내 마음이 없었어?"

"아니..."

떨메는 이야기를 하다 뒤를 보니 마루에 명희가 와 있습니다.

"응! 너 언제 왔어?"

"방금 전에. 불러도 모르고 풀만 들여다보기에 그냥 앉아 있는 거야."

명희가 떨메의 손을 이끕니다.

"이거 먹어."

따끈따끈한 빈대떡을 내어놓습니다. 그리고는

"엄마 심부름 갔다 올게." 하고 명희는 돌아갑니다.

떨메는 명희를 대문까지 배웅하고는 돌아서다가 뒤뜰로 가 울 안 뒷동산 자락에 할아버지가 매어 놓은 그물 그네에 올라가 누어 봅니다. 가만히 눈을 감아 봅니다. 바람이 찾아옵니다.

바람 속에 다양한 향기가 있습니다. 이건 라일락 이건 장미 이건...아! 꽃내음 풀내음 나무내음.....향기들의 이야기를 들어봅니다. 풀내음 꽃내음 나무내음 담뿍 신고 넓은 들을 춤추며 다니던 바람을 맞는 것은 행복입니다.

바람에도 색깔이 있음을 알았습니다. 황혼을 바라보면 많은 색깔들이 어우러져 있는 것을 볼 수 있듯이 숲을 지나온 바람. 구름을 끌고 온 바람. 강을 스치고 온 바람. 땅의 뜨거운 열기를 흠씬 훔치고 온 바람. 돼지우리를 지나고 옥수수밭을 휘젓고 온 바람.....다양한 빛깔의 바람들이 무늬를 놓으며 지나갑니다.

바람은 장난도 심합니다 어느 때는 떨메의 살갗을 살짝 건드리고 가는가 하면 어떤 땐 온 나무가 춤을 추게도 하고 어느 때는 나뭇잎을 간질이고 지나기 때문에 나뭇잎이 살래살래 잎을 흔들기도 하고 어떤 땐 큰 소리로 울게 하는 가 하면 자지러지게 웃게도 만듭니다.

바람은 소리도 다양합니다. 떨메는 눈을 감은 채 알아 맞추어 봅니다. 바람이 누구와 노는가. 쏴- 솔바람소리. 우석 부석 댓바람소리, 쑤우우 참나무 바람 소리,.... 소란스럽군 경쾌하군 아주 은근한 소리군. 바람의 소리를 왜 오늘서야 느낄까? 이것도 꽃의 말처럼 마음 때문일까?

새소리가 들립니다. 떨메는 눈을 뜨고 새소리가 들리는 곳을 찾아봅니다. 울타리에 앉아 노래하는 새는 이름이 무얼까? 까치가 보리수나무로 날아듭니다.

'무얼 하나?'

빨간 보리수 열매를 입에 물고 날아갑니다.

'누구에게 주려는 걸까?'

뻐꾸기가 전깃줄에 나와 앉습니다. 풀 끝에는 잠자리가 나뭇잎엔 작은 청개구리가. 벌레가 웁니다. 벌레들도 바쁩니다.

많은 꽃들이 잠 잘 준비를 서서히 합니다. 새들도 모두 제 집을 찾아옵니다. 서쪽하늘에 아름다운 저녁놀이 펼쳐집니다. 할머니 할아버지 엄마 아빠랑 함께 보고 싶습니다.

'가슴이 아릿한 이 아름다운 세상은 누가 만드는 건가요? 이 아름다운 그림 속에 떨메는 어떤 색깔이며 냄새이며 소리일까요?'

황홀한 세상입니다.

떨메와 달궁이

84

명희네 집에 가서 저녁밥을 먹고 돌아오는데 뜰에 핀
백합이 환히 웃으며 말합니다.

"난 저 맑은 밤하늘의 밝고 맑고 깨끗한 별빛이 너
무 아름다워 잠을 이룰 수가 없어. 다정하고 티 하나
없어"

"너는 별빛을 닮다 보니 하얀 마음이 되었나 보다."

떨메가 말하는 데

"금시 쏟아져 내려앉을 것만 같아. 찬란해!"

누군가 외칩니다.

"응?!"

하고 하늘을 보던 떨메

"찬란하구나! 아름다워!"

맑고 파란 하늘에 영롱히 빛나는 맑은 별.

떨메도 놀랐습니다.

"어찌하여 세상은 이렇게 아름답지!"

떨메가 감탄을 하는데 명희 어머니가 떨메의 잠자리
를 보살펴 주러 오셨습니다.

"이슬 맞겠다. 어서 방으로 들어가자."

"밤하늘에 저렇게 아름다운 세상이 있어요,"

떨메의 말에 명희 어머니도 하늘을 보시며

"오늘밤 유난히 아름답구나."

떨메는 별들을 두고 가는 것이 못내 섭섭하기는 하지만 방으로 들어갑니다.

많은 친구를 사귄 날입니다. 풀도 꽃도 바람도 별도 나무도 벌레도.... 마음의 눈으로 보면 친구가 될 수 있다는 것도 알았습니다. 너무 커서 또는 너무 작아서 있는데 보지 못하기도 하고, 또 보면서도 보지 못하고, 얼마나 크고 아름다운 세상인가도 알았습니다.

셋째 날입니다.

명희네 집에서 아침을 먹고 돌아오면서

"명희야. 인제 내가 밥을 지어먹겠어. 그리고 오늘 점심에는 친구들을 초대하여 함께 먹겠어. 너는 친구들에게 연락을 해줘. 나는 점심 식사 준비를 할께."

떨메의 말에 명희는

"참 재미있겠다. 헌데 할 수 있겠어?"

"응. 밥은 전기 밥솥에 하고, 할머니께 배웠어. 할머니가 밑반찬은 해 놓고 가셨으니까, 야채를 뜯어서 먹자.

떨메와 달궁이

1부 떨메와 달궁이

"응. 훌륭하겠다."

명희는 친구들에게 연락하느라 오전 내내 뛰어 다니며 바쁩니다.

떨메는 점심 준비를 하여야 합니다.

'무슨 나물을 할까?'

"돌나물이 어때?"

'어디서 나는 소리일까?'

떨메가 두리번거립니다.

"여기. 여기야. 네 발 밑에"

떨메 옆에 서있는 주목나무 아래에 돌나물이 하는 말입니다.

"나무 아래에 있었구나. 헌데 너는 햇살도 마음껏 못받고 허리도 마음껏 못 펴보고 마음대로 움직일 수 없으니 딱하구나."

돌나물이 웃으며

"그래 나는 세상을 마음껏 볼 수 없어. 허나 이 나무의 뽀족한 잎이 나를 적으로부터 보호해 준단다. 너도 내가 여기 있는지 몰랐지?"

"응. 나도 주목 잎이 따가워 너에게 손을 댈 수가

없어.'

떨메는 비닐하우스로 갑니다.

"이곳은 네가 힘들이지 않아도 사람들이 물주고 영양분 주고 벌레 잡아주고 쉽게 자랄 수 있으니까 참 좋겠다."

떨메의 말에 돌나물이 힘없이 대답합니다.

"응. 그러나 우린 꽃 피고 열매를 맺지 못해. 그리고 우린 우리 나름의 향과 맛을 가꿀 수도 없어. 벌도 친구도 못 와. 우린 사람들 마음대로 살아갈 뿐이야. 농약을 준 지 얼마 되지 않았어. 우린 너희의 나물이 될 수 없어."

"그렇구나."

떨메는 비닐 하우스에서 나왔습니다.

'어디로 갈까?'

돌아오는 길에 흙도 없는 돌 틈에서 따가운 햇살이 내리 누르고 바람이 때려 키도 작고 잎새도 작은 그러나 진록색의 통통한 생명력을 가지고 꽃을 가꾸고 있는 돌나물을 만났습니다.

"넌 사는 게 참 힘들구나."

"응. 허억 헉"

"그렇게 힘든 데 넌 왜 살아?"

"뭐? 왜 사냐고? 나는 왜 사는 지 고민할 틈이 없어. 나는 돌 틈에서 힘들여 물을 빨아 드리지 않으면 금시 죽어."

"넌 너무 작고 보잘 것 없을 뿐만 아니라 쓴 내를 풍겨 나물로 먹을 수도 없어."

"응 그래."

"너는 아무도 알아주는 이도 없고 혼자서....."

"혼자서 라고?"

"그래. 그렇게 힘든데 꽃은 왜 일찍부터 피워?"

"떨메야. 내 꽃 좀 봐. 예쁘지? "

"응"

"난 행복해."

" .... "

"떨메야. 난 나 혼자서는 살아가지 못해. 그리고 이 예쁜 꽃을 내가 혼자서 어떻게 만들 수 있겠니."

"그럼 누가 만들어 달아 주는 거야?"

"지난겨울에는 눈이 나를 포근히 덮어줘서 나는 추위

떨메와 달궁이

90

를 이겨낼 수 있었어. 그리고 해님은 내 잎을 파랗고 싱싱하게 만들어 주고 있어. 이슬은 아침마다 나를 사랑으로 촉촉이 적셔준다. 전날은 어떠했는지 알아?. 칠성이 아버지가 농약을 많이 뿌려 냄새에 숨을 못 쉬고 있는데 바람이 급히 달려와서 냄새를 다른 곳으로 데리고 갔어. 그것뿐인 줄 아니? 벌 나비.... 많은 친구들이 곧 열매도 맺게 해줄 거야. 나는 나 혼자서 사는 게 아냐. 바람은 이곳 저곳 잘 다니니까 내게 많은 지혜도 일러준다."

"바람이?"

"응. 바람이 그러는데 우리가 살고 있는 곳과 반대가 되는 지구의 저 편에서 사람들이 서로 싸우고 있대. 만약 무서운 무기를 사용하면 공기가 나빠져서 숨을 쉴 수가 없고 사람들도 죽고 우리들도 다 죽는대."

떨메가 걱정스러워 하는 돌나물에게 말합니다.

"걱정 마. 지구의 반대편 일이라면. 아주 먼 곳이야."

하니 돌나물이 오히려 떨메가 어리석다는 듯이

"지구의 반대편이라도 지구는 스스로 도니까 일주일 후면 그 곳의 공기가 우리가 사는 곳의 공기가 될 수도 있대."

"지구의 반대편 사람이 잘 못해도 일주일 후에 우리가 죽을 수 있다고?"

"응. 저기 참나무도 바람의 말을 듣고는 사람은 어리석다고 한참을 왁자지껄 떠들었어. 그들의 소리를 지나던 구름이 듣고는 사람들이 너무 어리석고 불쌍하다며 눈물을 흘리고 갔어. 그 사랑의 눈물이 내 뿌리에 생명을 담뿍 주었고 내 뿌리는 힘을 얻고 꿋꿋해졌어."

"그럴 수도 있구나."

"떨메야. 나는 이토록 아름다운 세상을 보며 사는 것이 너무 행복해. 작지만 이 예쁜 꽃을 만들어 주신 바람에게 해님께 구름 샘물 이슬... 그리고 너에게도 감사하고 감사할 뿐이야."

"내가 뭘 너에게. 아무 한 것이 없는데."

"너 지난번 여기 지날 때 네 친구는 못생기고 볼 품 없다며 내 친구를 뭉개 버렸잖아. 그때 우린 단 둘이 있었는데"

"난 잘 모르겠는데."

"너희는 아무 생각 없이 했으니까 기억이 없을 거야.

그러나 내 친구는 없어졌어."

"응. 응. 생각나. 그랬었어. 미안해."

"떨메야. 그때 나도 위험했는데 넌 네 친구를 말리고 난 살아있는 거야."

떨메는 돌아오는 길에 사철딸기와 잡초 속에서 서로 키 재기하며 식성 좋게 먹고 딸기 잎을 치우고 껑충 뛰어 오르는 크고 싱싱한 돌나물이 많이 나와 있는 것을 봅니다.

"따도 될까?"

떨메의 말에 사철딸기가

"응. 따도 돼. 먹을 것 있으면 저희들만 먼저 배부르게 다 먹어. 돌나물은 따도 곧 또 자랄 거야."

"넌 싱싱하고 큼직하고 연하여 나물로는 최고야"

떨메는 부지런히 따 담았습니다. 이제 돌나물은 다 준비되었습니다.

집 부근의 빈터와 길가 언덕에서 고들빼기 씀바귀 민들레의 어린잎도 골라 땁니다.

텃밭으로 가 풋고추를 땁니다. 떨메는 할머니와 해 보았기 때문에 잘 땁니다.

작은 고추는 맵지가 않습니다. 좀 큰 고추는 맵지만 달큰한 맛이 있습니다.

명석이가 고추와 돌나물을 씻었습니다.

명희가 상추와 깻잎을 그리고 쌈장을 가지고 왔습니다.

아람이는 오이를 가지고 왔습니다.

밑반찬으로 콩장 멸치볶음 무장아찌 무릇장아찌 더덕무침을 놓았습니다.

재미있는 점심 식사시간입니다.

"밭에서 나는 소고기"라며 아람이가 콩장을 콕 찍어서 맛있게 먹자 평소 잘 먹지 않던 콩장을 모두가 맛있게 먹으며 웃었습니다.

말없이 조용히 먹기만 하던 동훈이가

"푸짐하고 맛있다."

하자 모두가 또 유쾌히 웃습니다.

웃으며 먹고 먹으며 웃습니다.

"우리 점심 먹고 약수터 가자."

칠성이가 의견을 내 놓습니다.

모두가 찬성입니다.

약수터에서 돌아오는 길엔 나뭇잎을 따 홀짝놀이를
하였습니다. 도랑을 건널 때는 아람이가 개구리자리의
이름과 독성이나 쓰임에 대하여 선생님같이 설명을 해
주었습니다.

하루가 훌쩍 바삐 갑니다.

7. 달궁이

7·8월이 되면서 떨메는 계곡에서 노는 시간이 늘고, 물놀이에 지칠 때면 뒷산으로 딸기를 따러 갑니다. 산에 오르며 흔히 볼 수 있는 것이 산딸기지만, 계곡을 끼고 가다가 오른 쪽 장사묘 있는 길로 들어서면, 산딸기 덩굴이 무더기로 모여있는 곳이 있습니다.

아직은 키가 작은 떨메가 열매를 따기란 그리 수월한 일이 아닙니다. 산딸기는 땅에서 여러 개의 줄기가 나와 무더기로 자라 덤불을 이루고 가시가 드문드문 있어 팔이 닿지 않는 부분을 들어가기는 매우 힘듭니다. 허나 가시보다 더욱 무서운 것은 뱀입니다.

오늘도 떨메는 명희랑 칠성이와 함께 딸기를 따러 갑니다. 떨메는 긴 막대를 준비하여 먼저 숲을 톡톡 두드려 동정을 살핀 다음 걸어갑니다.

따며 먹으며 하지만, 굵고 황홍색의 잘 익은 딸기는 할아버지를 드리기 위하여 바구니에 담습니다.

딸기를 따 가지고 돌아올 때면 떨메는 꼭 장사무덤을 들려 오곤 하는데 그것은 할아버지께서 들려주신 이야기 때문인 듯합니다. 친구와 어울려 갈 때 잔디가 잘 가꾸어진 이곳은 놀이터가 되기도 합니다.

옛날 그러니까 일본이 우리 나라를 침범하여 한국인을 심하게 괴롭히는 때였다고 합니다.

장수봉 아래 깊은 계곡을 타고 이 골과 저 골짜기에 한 채씩 집이 있었는데 양달의 골짜기에는 아들 다섯에 딸이 둘 그리고 어머니 아버지 모두 아홉 식구가 살았지만, 응달에는 나이 많은 부부 단 두 식구만이 살고 있었습니다. 응달의 부부는 양달의 집이 부러웠습니다.

'아이가 있었으면.....'

1부 떨메와 달궁이

97

휘영청 달 밝은 밤입니다. 부부는 툇마루에 나란히 앉아 도란도란 이야기를 합니다.

"오늘이 보름인가?"

"예. 보름달이 참으로 아름답네요."

"저리 아름다워 그랬을까? 보름달이 동산에 막 떠오르는 것을 보며 소원을 빌면 이루어진다고 했어."

"그래요. 저도 어렸을 때 그런 말 들었어요."

잠시 부부에게는 침묵이 흐릅니다. 어린 시절을 생각합니다.

가벼운 한숨 소리가 흐릅니다. 언제부터인가 이 부부는 아름다운 것을 보다가도, 맛있는 걸 보아도, 몸이 좀 아파도 소리 없는 한숨을 쉬는 버릇이 붙었습니다. 쓸쓸함이 부부의 주위를 스며들고 있었습니다.

헌데 갑자기 아내는 밝은 얼굴로 남편을 쳐다봅니다.

"왜 그 생각을 여태껏 못했지요?"

"뭘?"

남편도 아내를 쳐다봅니다. 아내는 일어나 달님을 향해 두 손을 모아 정성껏 절을 합니다.

"달님, 자식을 점지해 주셔요."

떡메와 달궁이

98

아내를 쳐다보던 남편은 아내가 하도 정성껏 소원을 빌어 아무 말 못하고 멀쑥하니 쳐다보다가 자기도 일어나 함께 절을 합니다.

"여보. 오늘부터 달님께 빌겠어요. 자식을 점지해 주십사고."

너무나 진지한 표정에 다른 말을 할 수도 없습니다.

"그래 봐요."

달님도 힘차게 환히 웃고 있습니다.

보름날이면 부부는 저녁을 일찍 먹고는 뒷동산에 올라 동산에 막 떠오르는 보름달을 향해 두 손을 모으고 정성껏 빕니다.

"달님! 아이를 주세요. 네! 달님!"

달님의 도움이었을까요? 이 부부는 아들을 낳았습니다.

남편은 뒷동산에 올라 큰소리로 외칩니다.

"아들을 낳았다--- "

"나도 아버지가 되었다.--- "

하늘을 향해, 숲을 향해, 동서남북 하늘과 땅 사이의 넓은 공간을 향해 외쳐댑니다. 하늘을 우러러 사방을

떨메와 달궁이

향해 두 손 모아 감사의 절을 해댑니다. 온 산이 춤을 춥니다. 가만히 있을 수가 없습니다. 나무를 껴안아 보기도 합니다. 껑충껑충 뛰어 산을 내려 와 집으로 들어가 아기를 들여다봅니다.

"달궁아!"

아기의 이름을 달궁이라고 했습니다. 동산에 달 오르기를 기다려 달님께 '고맙다'는 인사도 잊지 않습니다. 달님도 크게 웃습니다. 아버지만큼 기뻐합니다.

아버지 어머니의 사랑을 한껏 받으며 달궁이는 아주 튼튼하게 자랍니다.

"예사 아기와는 다르지?"

아버지는 달궁이를 들여다보시며 혼자말로

"우는 소리가 매우 크고 골상이 영특해."

어머니도

"정말 잘 생겼어요."

아버지 어머니가 산으로 들로 일하러 갈 때도 달궁이를 꼭 데리고 가십니다. 달궁이를 보면 힘이 저절로 솟습니다. 어머니 아버지는 싱글벙글. 달궁이도 벙글벙글. 달궁이네는 웃음꽃이 피었습니다.

1부 떨메와 달궁이

어머니는 살을 살짝 꼬집어봅니다.

'혹시 꿈은 아닐까?'

아픕니다, 꿈이 정녕 아닙니다.

집안이며 온 산이 행복으로 가득합니다.

어느 날 고단한 하루를 보내고 온 식구가 잠자리에 들기 전입니다. 아기를 쳐다보며 즐겁게 웃고 있는데 아기가 윗몸을 흔들며 팔을 뒤틉니다. 어머니는 아기가 겨드랑이가 가려운가 싶어 손을 넣고 아기의 겨드랑을 쓰다듬어 주다가 소스라쳐 놀라 아기의 옷을 벗겨 살펴봅니다.

"여보, 이 일을 어쩌면 좋아요?"

낮은 소리는 떨려 있습니다.

"무엇을 가지고? ...."

아버지도 깜짝 놀랍니다. 달궁이의 겨드랑 밑에 보통의 아기에게서는 볼 수 없는 날개 같은 것이 솟는 듯합니다.

"그럼?......"

어머니와 아버지의 눈빛이 마주치며 두려움에 떨립니다.

'달궁이는 장사?'

장사란 기개와 체질이 굳센 사람을 말하는데, 하늘이 낸 장사는 자라게 되면 겨드랑이에 날개가 돋고 산을 뽑을 듯한 큰 힘을 가지게 되어 나라의 위급을 구한답니다.

빨리 옷을 입혔습니다. 이 깊은 산 속에 오는 사람도 없으련만 아버지는 문을 열고 밖에 나가 사방을 살핍니다. 사방은 컴컴하니 고요할 뿐입니다.

아기를 감싸 누이고 잠을 들려 하나 잠이 오지를 않습니다.

"여보. 이년 전 방물장수 말 생각나요?"

어머니가 묻자 아버지는 "흠 흠"하며 큰기침만 하십니다.

아버지도 그 생각이 나셨던가 봅니다.

어느 날인가 이 골짜기를 지나던 방물장수가 산 속의 어둠은 일찍 찾아들고 다음 동네까지는 길이 멀고 하여 이곳에서 하룻밤을 자고 간 적이 있습니다. 긴긴 밤 이런 저런 이야기를 나누다가

"요즈음 세상은 어떤가요?"

하고 어머니가 밖에 세상의 형편을 물으니 방물장수
가

"별 해괴한 소문이 다 돌아요."

"뭔 데요?" 하고 어머니가 되물으니

"장사가 나와 나라를 구할 것이란 소문이 있었대요."

"장사가 될 아이를 보거나 기르는 이는 주재소에 신
고를 하래요. 신고하지 않으면 일가를 다 죽인데요."

그래서 어머니는

"별 어이없는 협박을 다 하네요."

"그래 말이에요."

"장사라는 게 옛날부터 그냥 전해 내려오는 이야기
지. 원 별 희한한 데다 신경을 다 쓰네요."

'헌데 이것이 사실일 줄이야......말로만 듣던, 전설 속
에만 있는 일이거니 했는데....'

'이것이 꿈이 아닐까?'

눈을 감았다 떠보기도 하고 옆에 물건을 만져 보기도
합니다. 그러다가

'뒷산에 용마바위!?......'

'장사는 용마를 타고 다닌다는데 아기와 무슨 연관

이?'

가슴이 두근두근. 아버지는 어머니에게 이릅니다.

"아기를 절대 남의 눈에 띄게 해서는 안 되겠소."

"예"

가슴이 쿵덕쿵덕 뜁니다. 아기를 정성껏 보살핍니다.

그러던 어느 날 달궁이 외가댁에서 잔치가 있으니 오라는 연락이 왔습니다.

달궁이를 데리고 가자니 남에 눈에 띄는 게 두렵고, 안 가자니 웬일인가 하고 남의 관심을 더욱 끌까 걱정이고. 하여 어머니는아기를 돌보며 집에 남기로 하고 아버지만이 떠나시며

"아기를 잘 보살펴요. 서둘러 다녀오리다."

"너무 염려 마셔요. 잔치에 가서 의심받지 않게 하시고 조심해서 다녀오셔요."

아버지는 달궁이를 어머니에게만 맡기고 가기가 영 미덥지 않아 몇 번인가 뒤를 돌아보며 떠나셨습니다. 어머니는 올 이도 없는 산 속임에도 혹시나 남의 눈에 띌까 조심스레 보살핍니다. 아버지가 계실 때보다도 더욱 신경을 씁니다.

1부 떨메와 달궁이

달궁이는 무엇이나 잘 먹습니다. 때는 초여름으로 산딸기가 무르익고 달궁이는 산딸기를 좋아합니다. 어머니는 산딸기를 따다 주려 달궁이를 방에 재워 놓고 부지런히 뒷산에 오릅니다. 붉다 못해 검은 색이 도는 잘 익은 딸기는 이날 따라 유난히 많습니다. 딸기 따기에 정신을 쏟던 어머니는 사람들의 인기척에 깜짝 놀랍니다.

'이 깊은 산 속에 웬 사람들이 올까?'

가만히 숨어서 살펴봅니다.

사람들은 산봉우리 쪽으로 올라갑니다. 무거운 장비를 메고 가는 사람들도 있습니다.

그들이 보이지 않자 어머니는 서둘러 집으로 갑니다. 다른 열매도 따고 싶으나 오늘은 그대로 가야겠습니다. 가슴이 두근두근. 사방을 둘러보니 시간도 제법 흐른 것 같습니다.

'혹시나 달궁이가 엄마를 찾지는 않았을까?'

우는소리가 들리는가 싶어 귀를 기울이며 부지런히 걷습니다.

'배가 고파 지쳤는가? 아니면 아직 잠을 자는가?'

조용합니다. 아무 기척이 없어 급히 들어가 방문을 열어 보니 방긋 웃고 있습니다.

달궁이에게 맛있는 딸기를 먹이고는 사람들이 돌아가는 가를 조심히 살핍니다. 아무 기척이 없습니다.

'웬일일까?'

산 그림자가 길게 드리워져 어둠이 온 산을 감추려 하자

"달궁아. 아까 그 사람들이 왜 왔는가 양달말 가서 알아보고 올께"

'달궁이가 알아들었을까?'

이르고는 양달말 순이네 집으로 마실을 갑니다.

"순이 아버지, 오늘 산봉우리 쪽으로 간 사람들이 누구예요."

"보셨군요?"

"예. 무거운 짐을 진 사람도 있고 여러 사람들이 갔어요."

"어떻게 보셨어요?"

"딸기 따다가 웬 인기척이 나기에 가만히 숨어서 봤지요"

"그 사람들이 일본 놈들인데 장수산 봉우리에 큰 쇠
말뚝 박는 공사를 했어요."

"산꼭대기에 무엇을 묶어둘 것이 있어 쇠말뚝을 박아
요?"

"장수산에 정기를 끊는다나요. 그래야 이 나라에 장
사가 못 나온 대요."

"................"

"별 짓들을 다 해요. 우리 집 앞을 지나며 나도 데리
고 가서 끌려갔다 왔는데 얼마나 단단히 깊숙이 박는
지 몰라요. 늦게까지 큰 공사였어요. 재골 쪽으로 갔어
요. 엊그제 보니 달궁이 아버지는 처가댁 가시더군요.
그래서 연락을 안 드렸어요. 죽일 놈들."

어머니는 온 몸에 힘이 빠지며 가슴이 두근거리고 정
신이 몽롱하며 어지럽습니다. 다리에 힘이 쭉 빠져 후
들후들 비틀거리며 정신없이 서둘러 집에 옵니다.

'오늘 오시기로 한 아버지는 어찌 안 오실까?'

어머니는 아버지를 기다리며 달궁이 옆에 쓰러졌습니
다. 달궁이를 안고 얼핏 잠이 들었습니다.

"어머니----"

떨메와 달궁이

부르는 소리에 놀라 보니 달궁이의 날개가 점점 커지더니 활짝 펼치고 힘차게 날아가려 합니다. '장사가 되는가보다' 라고 생각하는데 용마바위가 움직이며 길게 울어댑니다. 어머니는 힘차게 손을 흔들어 줍니다.

그런데 갑자기 장수봉에서 검은 안개가 나와 달궁이의 목 주위에 둘러치더니 날개가 힘을 잃고 괴로워합니다.

"달궁아------"

어머니는 애타게 부릅니다.

"웬일이야? 응?"

어머니는 안타까움에 어쩔 줄 모릅니다.

"어머니. 너무 염려 마셔요. 내 영혼은 훗날 다시 태어날 거예요."

"꼭 다시 태어날게요."

형체는 점점 작아지면서 말소리만이 울려 퍼집니다.

"어머니. 나의 영혼은 훗날 꼭 다시 태어날 거예요. 너무 슬퍼하지 마셔요."

목소리가 잔잔히 퍼집니다.

"아가--. 아가--. 달궁아----------"

외쳐 부르다가 소스라쳐 깨었습니다.

언제 돌아오셨는가 아버지가 어머니를 깨우시며

"무서운 꿈을 꾸었소?"

어머니는 불길한 예감에 아기를 깨웁니다.

눈을 뜹니다. 그런데 달궁이의 눈빛이 힘이 없고 기운이 없습니다.

"달궁이가 어디가 아픈 모양이요!"

아버지는 어머니를 쳐다봅니다.

"달궁아--. 아가--."

어머니는 애타게 달궁이를 부릅니다.

달궁이는 무어라 말을 하려는 듯합니다.

말소리는 들리지 않았지만 어머니는 아기의 눈빛과 마주치는 순간 아기의 마음을 다 알 수 있었습니다.

'엄마, 훗날 꼭 다시 태어날게요.'

"여보. 우리 달궁이가 달궁이가......"

아버지는 말을 잊지 못합니다.

"훗날 다시 태어난 대요."

달궁이는 어머니의 말을 들었다는 듯이 평온한 모습으로 스르르 눈을 감습니다.

떨메와 달궁이

달궁이는 다 자라지도 못하고 결국 죽임을 당하였습니다. 아버지는 뒷산 양지바른 곳에 달궁이를 묻었습니다. 하늘도 땅도 나무들도 시치미를 뚝 떼고 전날과 다름없이 해뜨고 달뜨고 물 흐르고 새도 노래하고 짐승들도 어슬렁어슬렁 다닙니다. 아버지는 달궁이의 무덤을 만들고 언젠가는 다시 태어날 달궁이를 기다리며 무덤을 보살폈습니다.

허나 세월이 흘러 부모는 다 돌아가시고 일본 사람들도 다 돌아갔습니다. 동리에는 낯선 사람들이 들어와 살게 되었고 이 무덤은 황폐하게 되었습니다.

이 무덤의 이야기는 전설처럼 전해졌습니다.

이 고을에 사는 마음씨 착한 한 사람은 이 무덤이 가꾸는 이 없음을 알고 정성껏 보살펴 주었습니다. 그런데 이상하게도 그 사람은 그 해의 농사가 잘 되었습니다. 무덤을 돌보는 이는 농사가 잘 된다는 사실이 소문으로 퍼져 사람들은 다투어 무덤을 가꾸어 줍니다.

오늘도 떨메는 딸기를 따 가지고 돌아가며 산소 옆을 지납니다. 무덤은 누가 가꾸었는지 곱게 다듬어져 있습니다. 조국을 위하여 큰 일을 하려다 뜻을 펴보지도 못한 채 아직 아기인 채 세상을 뜬 달궁이가 불쌍합니다. 또 그런 인물이 나온다고 했는데 언제 나타날지 보고 싶습니다.

'아기의 영혼은 언제 다시 태어날까?'

대답이라도 하듯 장사묘의 잔디가 햇살을 받아 반짝입니다.

엊그제는 외지에서 젊은이들이 와서 장수봉에 쇠말뚝을 뽑았다고 합니다.

'언제 일까?'

8. 도깨비? 허깨비? 귀신?

어제는 궂은 비가 추근추근 내리더니 오늘 아침은 어제의 지리함을 보상이라도 하려는지 하늘이며 나무들이 더더욱 씩씩하고 푸르러 싱그러움이 많은 비밀을 간직하고 즐거워하는 듯합니다.

떨메는 뜰에 나와 싱그러움을 온통 들이마시듯이 깊은 숨을 들이쉬는데 명희가 사뿐사뿐 들어섭니다. 명희의 걸음이 저렇게 한들거리는 날은 틀림없이 재미있는 이야기를 가지고 오는 날입니다. 헌데 눈을 동그랗게 뜬 것이 겁을 잔뜩 먹은 것 같습니다. 서두르듯이 떨메의 집 대문을 들어선 명희의 표정은 분명 오늘 무엇인가 새로운 소식을 가지고 왔음이 분명합니다.

떨메가

"명희야. 무슨 일이야?"

하고 물으니 명희는 침까지 꼴깍 넘기며

"한터 사는 오빠가 어젯밤에 왔는데 도깨비불을 보았대."

"어디서?"

"깜깜한 밤 산 속에서 빛이 보이더래........."

말을 빨리 잇지를 못합니다.

"그래서?"

"그래서 겁이 나서 가만히 살펴보았대."

"보니까?"

떨메가 재촉을 하니

"수정이네 집 쪽이었대."

열미에는 빈집이 한 채 있습니다. 그것이 수정이네 집입니다. 아람이네 집에서 산으로 500미터쯤 들어가면 외따로 있는데 모두 서울로 이사를 가고 비어 있습니다. 잡초까지 무성하게 자라면서 빈집은 점점 헐어 음산합니다.

그 집의 뒤뜰은 이른 봄 앵두에서부터 살구 대추 감 등의 과일나무가 많아 수정이가 있을 때는 아이들은 어른 몰래 열매를 따러 즐겨 들리곤 했으나 누구의 간섭도 없어지며 아이들은 누구도 그 집에 가려하지 않습니다. 그리고 열매도 예전과 같이 실하질 않고 작고 단맛이 없습니다. 실은 잡초가 우거진 쓰러져 가는 빈집이란 귀신이 나올 것만 같아 옆을 지나기조차 싫습니다.

"수정이네는 이사간 지 벌써 3년은 되었잖아. 집도 헐어지고."

"응. 그래서 이상해서 다시 보았대. 그런데 분명 그쪽이었대."

"그리고 바람소리인지 아기울음 소리인지 이상한 소리도 들리는 것 같았대."

"이상하다? 그러면....? 도깨비? 귀신?"

"그렇지?"

명희가 동의라도 구하듯 떨메를 쳐다보니 떨메는 잠시 생각에 잠긴 듯하더니

고개를 흔들고는

"그럴 수는 없어. 수정이네 집인데. 도깨비나 귀신이 나올 이유가 없잖아. 수정이가 어른이 되면 내려올 거라고 했잖아."

"그러면?"

떨메를 쳐다보던 명희는 떨메의 표정에 깜짝 놀라

"왜 그래?"

"명희야, 수정이네 집 뒤로 산모롱이를 돌고 나면 상엿집이 있잖아. 그러면?! 그 빛이 상엿집에서.......?"

둘은 까무러칠 듯 놀랍니다.

상엿집이란 사람이 죽으면 죽은 사람을 싣고 무덤으로 가는 가마를 상여라 하는데 이 가마를 보관해 두는 집입니다.

"상엿집에서 나온 귀신?"

대낮에도 그 상엿집 옆을 지나기는 찜찜합니다. 아니 찜찜한 정도가 아닙니다. 매우 무섭습니다.

지름길로 새재에서 이 열미로 넘어오자면 그 곳을 통과해야 하는데, 그 길을 갈 때 상엿집을 앞으로 보고 걸을 때는 그래도 좀 낫습니다. 상엿집을 지나 뒤로 두고 걸을 때는 귀신이 나와 다리를 잡을 것 같기도 하고 어깨를 잡을 것 같아 더욱 무섭습니다. 뛸 수도 없습니다. 뛰면 귀신의 관심을 끌게 될지도, 자신이 겁먹고 있다는 것을 귀신에게 눈치라도 채일까 싶기도 하여 또한 자신의 뛰는 소리는 더욱 무서워 뛸 수가 없습니다.

상엿집 옆을 지날 때는 관심이 없는 척 하며 부지런히 걷습니다. 너무 무서우면 시치미를 뚝 떼고 멈추어서 주위를 쭉 살피는 척하며 상엿집 쪽을 유난히 봅니다. 귀신이 오나 어쩌나 하고. 아무 것도 발견할 수 없음을 확인하고는 천천히 돌아서지만 막상 뒤로 하고 걷기를 시작하면 또 막 무서워집니다. 그러다 산모롱이를 돌고 나면 마음이 안정되고 잊게 됩니다. 그래서 노래도 부르고 꽃도 꺾고 하다보면 나오는 것이 수정이네 집입니다.

"그 빛이 수정이네가 아니고 상엿집에서 나온 것이라면.........?"

"설마?"

명희는 그것만은 믿고 싶지 않습니다. 너무 멉니다. 사실은 그것보다 너무 무섭기 때문입니다.

떨메와 달궁이

이 이야기는 이뿐이에게로 그리고 오빠들에게로 삽시간에 동네아이들에게 전해졌습니다.

"동네에 도깨비가 나타났다?"

"상엿집에서 귀신이 나타났다?"

집들을 좌우로 다문다문 거느리고 길게 동네의 중앙을 흐르는 뒷동산 계곡에서부터 내려오는 이 동네의 냇물에는 아침 햇살이 반짝하면서 하늘의 정령이 눈 깜짝할 새에 스며들기도 하고, 용궁 속에 오색구름다리를 살짝 보여주기도 하여 계곡을 걸을 때는 걸음도 선녀 모양 사뿐사뿐 걷습니다. 물소리도 너무 맑아 마음이 물소리로 가득 차서 출렁입니다. 헌데 저녁 해가 넘어가고 산그늘이 동네를 덮고 나면 계곡은 알 수 없는 동굴 속과도 같아집니다. 어스름의 어둠을 타고 산으로부터 달걀귀신이 내려와 졸졸 흐르는 냇물소리 둘레에 모여 음모를 꾸미고 있는 것 같기도 하고, 바위 사이 고인 물에 달걀귀신이 기다리고 있다가 냇물을 건너는 아이의 다리를 꽉 붙들 것만 같아 너무 무섭습니다. 동네 뒤로 동네를 안고 있는 뒷산도 어둠이 먹고 난 다음에는 두렵습니다.

동네 아이들은 그 날 약속이나 한 듯이 해가 넘어가
기 전 일찍 제집으로 돌아갔습니다.

그러나 아이들의 생각은 도깨비불인지 귀신의 장난
불인지에 골똘해 있습니다.

일찍 집에 돌아온 떨메도 이른 저녁부터 불을 켜놓고
할머니 곁에 졸졸 따라다닙니다.

'밤에 귀신이 다닌다?'

떨메의 머리 속도 이 생각으로 꽉 찼습니다.

저녁상을 놓고 떨메는 할머니께

"할머니, 우리 동네에 도깨비가 나타났나봐요."

할머니를 쳐다보니 할머니는 떨메를 쳐다보시고는 빙
그레 웃으십니다.

'도깨비는 무슨....' 하는 표정이십니다. 관심이 없으십
니다. 할아버지와 할머니는 내일 일군을 사 놓았으니
무슨 일을 할 것인지에 대해서 계획을 짜기에 바쁘십
니다.

떨메는 섭섭했지만 어른들은 아이들의 말에 귀를 기
울이지 않으시니 별다른 방법이 없습니다.

떨메는 잠자리에 들어서도 밤이 깊도록 자꾸 도깨비

불에 대해서만 생각이 나고 잠은 오지 않습니다.

잠들기 전 떨메는 또 이야기를 꺼냅니다.

"할머니, 도깨비가 나타났나 봐요."

할머니는 벌써 잠이 드셨는가 봅니다. 아무 대답이 없습니다.

"할머니-"

할머니는 듣지 못하고 할아버지가

"떨메야, 잠이 안 오냐?"

"네"

"왜 도깨비불이 궁금하냐?"

떨메는 얼른

"네. 할아버지"

"할아버지 도깨비불 보셨어요?"

"아니. 그런데 본시 도깨비불은 공동묘지나 깊은 산 속에 많단다."

사람의 뼈가 썩을 때 또는 오래된 나무 등걸이 썩을 때 인이라는 성분이 생기면서 그것이 밤에 바람에 날리면 도깨비불이 왔다갔다하는 것으로 보이는 거란다."

그때 할머니가

"주무시지 않고 무슨 말씀이세요?"

할머니가 이야기 소리에 잠이 깨셨는가 봅니다.

"할머니. 도깨비 보셨어요?"

하고 여쭈니까

"내가 시집 왔을 때에 일이다. 집안 일을 거드는 아이 금단이가 있었는데 어둑어둑 하니 밤만 되면 도시 방문을 열고 밖을 못 나가. 이상해서 이유를 물었지. 영 대답을 안 하기에 호통을 쳤더니 하는 말이 '밤이 되면 도깨비가 나와 마당을 쓸어요.'하는게야. 그래서 '네가 도깨비가 마당 쓰는 걸 보았니?'하고 물었지."

"보았대요?"

"도깨비는 못 보았지만 마당을 쓰는 소리는 들었다고 하더라."

"그래서요?"

"그래서는 뭐. 도깨비가 나오거든 나를 불러라. 그랬지."

"그리고 그 아이와 함께 밤이 되면 도깨비 소리를 기다렸어. 도깨비를 만나 볼 작정이었지."

"할머니, 도깨비를 보면 어쩌시려고요."

"마당 청소를 한다니 칭찬을 해 줄까 하고."

"그래서요"

"그 후 안 들린다고 했어,"

"왜 그랬을까요?"

"도깨비는 자기를 무서워하면 장난을 치지만 무서운 사람에게는 도망을 간다나?"

"그럼 그 후 도깨비 이야기는 없어졌어요?"

"응. 그 때 집이 무척 컸고 안 마당도 제법 컸었지. 집에 비하여 사람들은 별로 많지 않았었고. 금단이는 도깨비가 나타날까 무서웠던가 봐."

할아버지는 할머니의 이야기를 들으시고는 빙그레 웃으시며

"처음 듣는 이야긴데?" 하시니까 할머니는

"결혼하고 서울로 공부하러 가시고 저는 시골집에 있을 때였지요."

떨메가

"응. 그렇구나. 자기 보다 무서운 사람에겐 안 나타나는 구나."

"아니지. 상대를 잘 모를 때는 무서운 사람에게도 나

타나지. 옛날엔 도깨비 말고 허깨비도 많았지."

"할머니. 그건 또 어떻게 아셔요?"

할머니는 잠이 완전히 깨셨나 봅니다. 아예 일어나 앉으십니다. 떨메도 따라 일어납니다.

"이것도 내가 시집 온 다음의 일이다. 네게는 증조 할아버지이시다. 키는 작은 편이지만 힘이 장사이셨지."

아침 진지 드실 시간인데 시아버님이 안 보이시기에 마당에 나가 기다리는데 시아버님께서 대문으로 들어오시기에

"아버님. 아침 일찍 어디를 다녀오셔요?"

하고 여쭈니

"음 뒷벌 밭에"

"이른 아침에요?" 하니

"허허"

어이없는 웃음을 웃으시더니

"어제 이웃 마을에 갔다가 대접을 받고 어둠 컴컴한 늦은 밤길을 돌아오는 길이였다. 술기운도 좀 있고 해서 몸도 약간은 비틀거리며 기분 좋게 걸어오는데 우

리 뒷벌 밭 옆을 지나려는데 웬 키가 구 척이나 되는 큰놈이 나타나서 앞길을 가로막으며 떡 뻗치고 서 있는 게야. 그래서 아하 이놈이 허깨비로구나 생각을 하고 왼 발을 구르고 호통을 치며 그 놈의 왼뺨을 때렸지. 그런데 그놈도 힘이 좋아 그리 쉽게 넘어가지를 않아. 그놈과 한참 씨름을 하다가 그 놈이 쓰러지기에 그 놈을 잡아 길가에 있는 큰 나무에 묶어 놓았지. 허리띠를 풀어서. 오늘 아침 일어나 보니 큰 일을 한 다음 같이 온 몸이 땀으로 흠뻑 젖어 있어. 어젯밤 일이 몽롱하지만 어렴풋 생각나기에 기억을 더듬어 찾아 나섰지. 이곳쯤이겠지 하고 기억을 더듬으며 나무를 찾으니 글쎄 뒷벌 밭 길가 큰 참나무에 싸리빗자루가 내 허리끈에 묶여 있더구나."

"그래서요?" 하고 여쭈니까

"그래서는. 묶인 빗자루를 풀어 불에 태우고 돌아왔다."고 하시더라.

"왜 싸리빗자루가 허깨비로 보였을까요?" 하고 떨메가 여쭈니

"글쎄다. 할아버지 말씀은 싸리빗자루나 곡식을 때리

는 도리깨를 함부로 다루다가 피를 묻히면 남자 허깨비로, 수수빗자루에 피를 묻히면 여자 허깨비로 변하니 몸을 항시 조심하라고 하셨다."

떨메는 잠이 완전히 멀리 가 버렸습니다.

말똥말똥한 떨메의 눈앞에 도깨비와 허깨비의 영상이 아른거립니다.

"떨메야, 잠이 안 오냐?"

하시며 떨메를 끌어안더니 할머니는 토닥토닥 토닥여 주십니다.

떨메는 할머니의 품에서 잠이 푹 들었던가 봅니다. 일어나 보니 환한 아침입니다.

아이들도 나름대로 밤새 생각들을 하였나 봅니다.

다음날 아침은 누가 연락을 한 것도 아닌 데 모두 명희네 집으로 모였습니다. 그리고 누가 먼저 꺼냈는지 그들은 도깨비불에 관한 이야기를 하고 있습니다.

한터에서 왔다는 명희의 사촌오빠는 가고 없습니다. 여러 가지 의견이 있었지만 결론은 그 불의 출처를 캐자는 것입니다.

"우선 수정이네 집에 가보자."

누가 먼저 이야기했는지 찬성을 얻었는지 알 수 없으나 아이들은 수정이네 집을 향하고 있습니다.

햇살이 비치는 대낮이란 귀신이나 도깨비가 있을 턱이 없습니다. 더욱이 이제 비까지 지나고 난 뒤의 산골마을은 싱그럽습니다. 떨메도 아무 두려움 없이 따라나섭니다. 상엿집이라면 혹시 머뭇거렸을지 몰라도 수정이네 집까지라면……

교회에 다니는 아이는 십자가를 준비했고, 절에 다니는 아이는 염주를, 떨메는 '도깨비는 착한 마음과 담력을 가지면 되고, 허깨비는 보거든 왼발을 구르고 허깨비의 왼 뺨을 때리고 무서워 말고 싸우면 이길 수 있다'던 할머니의 말씀을 되새기며 무서움이라도 누르듯 힘차게 걷습니다.

온 산이 싱그러운데 수정이네 집이 보이고 수정이네 집은 햇살에 정다워 보이기까지 합니다. 수정이가 살았던 집이 아닌가.

수정이네 집이 가까워지자 아이들의 발걸음은 느려지고 온 신경을 귀로 모으며 촉각을 세우고 다가가는데 이상한 소리가 들립니다. 모두 순간 멈추어 서로를 쳐다보다가 용기를 내어 다가서려는데 움직임이 없습니다. 다시 서로를 쳐다보며 멈추어 동정을 살핍니다 잔뜩 긴장 속에 들려온 소리는 틀림없는 사람의 소리입니다. 인기척 없는 사람 소리.

그것은 어이없게도 라디오의 소리였습니다.

그들은 후유- 숨을 돌리고 궁금증을 풀기 위해 살펴보니, 매년 여름이면 뱀을 잡기 위해 나타나는 땅꾼입니다. 땅꾼이 수정이네 빈집에 자리를 풀었습니다.

한여름이면 어디에서인가 와서는 개구리도 뱀도 잡고는 또 어느 날인가 홀연히 가버리는 땅꾼의 신비한 등장이 올해는 아이들에게 도깨비에 대한 두려움을 주었고 아이들은 스스로 도깨비를 잡겠다고 나섰던 자신들의 용기에 자랑스러움을 가지게 되었습니다.

그 일 이후 떨메는 도깨비라든가 귀신에 대한 두려움이 거의 없어졌습니다. 어둠 속에서 동네를 관통하며 흐르는 시내의 징검다리를 건널 때 달걀귀신에 대한 공포도 별로 느끼지 않습니다. 건널 때 큰기침을 하고 걷는 습관이 생겼을 뿐입니다.

떨메와 달궁이

9. 노할머니

여름은 분주히 지나갔습니다. 산골에서 흘러내리는 물도 줄어들기 시작하고 하늘은 맑고 점점 멀어져 보입니다.

떨메는 오늘 하늘을 보아도 꽃을 보아도 바람이 스쳐도 엄마 아빠가 몹시 보고싶습니다. 눈물이 납니다.

떨메가 하염없이 엄마 생각을 하고 있거나 엄마가 보고싶어 울고 있으면 할아버지 할머니는 더 슬퍼하십니다. 그래서 떨메는 울 수도 없습니다. 아니 울어서는 안됩니다.

엄마가 보고 싶을 때, 울고 싶을 때 떨메는 할아버지

할머니 눈치 못 채게 빨리 집을 나와 입술을 꼭 깨물고 이것저것 쳐다보며 바람을 가슴으로 받으며 막 무작정 뜁니다. 뛰다 보면 잊게 됩니다.

오늘은 나선 발길이 노할머니 댁을 향하여 걷고 있습니다.

떨메가 처음 노할머니 댁에 간 것은 언제인지 또 무엇 때문인지는 알 수 없으나 이제 노할머니 댁에 방문은 거의 하루의 일과가 되고 말았습니다. 떨메는 젊은 할머니, 일을 도맡아 하고 부지런한 이 집의 주인인 할머니를 할머니라 부르고, 머리가 하얗고 허리가 굽고 얼굴이 창백하며 요즈음은 누워 계신 시간이 많은 할머니를 노할머니라고 부릅니다. 노할머니는 그러니까 할머니의 어머니이십니다.

떨메는 노할머니의 유일한 어린 친구입니다.

노할머니 방에 방문을 열고 들어갔으나 노할머니의 움직임이 없습니다.

"할머니- "

하고 부르고 노할머니를 들여다보니 울고 계십니다. 떨메도 슬퍼집니다. 왈칵 나온 눈물을 삼키며

떨메와 달궁이

130

"할머니_ "

하고 부르며 노할머니를 들여다보니 노할머니는

"성질이 나빠." 하십니다.

"할머니 누가요?" 하니

"딸"

따님인 할머니를 욕하고 계십니다.

"할머니가 왜요?"

"왜 기분이 언짢으셔요? 하기에 아들이 보고싶다고 했지. 그랬더니 괜히 화를 내기에 너는 성미가 나쁘다고 했지. 그랬더니 뭐라고 쫑알쫑알 하는데 우리 아들을 욕했겠지?"

"............"

"나 우리 집에 가고 싶어."

"할머니 집이 여기잖아요."

"여기는 딸의 집이고, 우리 집에 가고 싶어."

"나는 아들이랑 손주랑 함께 살고 싶거든."

할머니의 말씀은 떨메의 가슴에 슬픔이 출렁이게 만듭니다.

할머니 할아버지가 잘 해주시는데도 떨메도 엄마 아

빠가 보고 싶습니다.

떨메도 할머니 할아버지 엄마 아빠랑 함께 살고싶습니다. 함께 살고싶은 데 떨어져 살아야 한다는 것은 슬픈 일입니다. 가슴 아픈 일입니다. 떨메는 노할머니의 아픔이 전기 같이 떨메의 마음을 타고 듭니다.

떨메도 참았던 울음이 터져 나와 결국 훌쩍훌쩍 웁니다. 그러니까 노할머니가 눈물을 닦아주며 울지 말라고 떨메를 달래십니다.

참으려 했는데 결국 오늘은 울고 말았습니다.

떨메는 노할머니를 위로해 드릴 수가 없습니다.

떨메와 달궁이

* 비밀 상자

떨메는 노할머니의 마음을 행복하게 달래드리고 싶습니다. 그래서 궁리 끝에 생각해 낸 것이 비밀상자를 보여드리기로 하였습니다.

떨메가 가장 아끼는 물건들을 담은 상자입니다. 이 비밀상자에는 지난 방학에 왔다 간 친척언니가 접어 준 종이학도 있고, 빨간 파란 색깔의 예쁜 색을 간직한 바닷돌도 있고, 할머니가 주신 예쁜 천 조각들도, 예쁜 실묶음도, 그리고 단풍잎, 고운 새털 그리고 떨메의 돌 사진 등이 있습니다. 이 비밀상자를 가지고 갑니다.

이날은 노할머니의 건강도 많이 좋아서 떨메가 보여드리는 물건들을 자세히 보았고 여러 가지의 궁금한 사항을 묻기도 하십니다. 색돌을 보시며

"이 색돌은 어디서 났니?"

"엄마가 여행가서 사다 준 거예요. 예쁘죠?"

떨메는 자세히 설명합니다.

차곡차곡 접은 천 조각을 보시며

"색이 곱구나. 이 비단은 참으로 부드럽지. 할머니가 주셨구나."

"예. 그걸 어떻게 아셔요?"

"옛날이지. 할아버지에게 비단옷이 입고 싶다고 철없이 졸랐었어."

"할머니. 할아버지가 사다 주셨어요?"

"큰 맘 먹고 한 벌 사다준 적이 있었지만 어른들 계신데 어디 입을 수 있니? 시어머니께 드렸지."

단풍잎을 보시며

"단풍잎이 이렇게 곱게 드는 해는 다음해에 풍년이 든다는 데... 단풍이 곱다." 하십니다.

그러시더니 할머니도 당신의 비밀상자를 보여 주십니다. 떨메는 노할머니도 비밀상자가 있을 줄은 몰랐습니다. 노할머니의 비밀상자 속에는 소풍을 가서 찍은 듯한 오래된 초등학교 남학생의 사진이 있습니다.

"할머니 이 사진은 누구예요?"

하고 떨메가 여쭈니 할머니는 사진을 소중하게 들고는 행복한 표정이 되어

"우리 아들. 큰애야."

떨 메 와 달 궁 이

134

정신없이 들여다보십니다.

'무엇을 생각하고 계실까?'

"그러면 서울에 사시는 분이요?" 하고 떨메가 여쭈니

"응."

자랑스런 표정. 쓸쓸하고 을씨년스런 방안의 분위기가 갑자기 환해지는 듯합니다.

할머니의 기분을 건드리고 싶지 않습니다.

떨메는 혼자서 다른 물건을 만져 봅니다. 꼭꼭 접은 종이 입니다. 펴보니 크레파스로 어린이가 그린 그림입니다.

'누구의 그림일까? 어떤 사연이 있기에 종이도 누렇게 변색된 볼품도 없는 이 그림을 이토록 간직하고 계실까?'

떨메가 이 생각 저 생각을 하는데

"그 그림은 우리 손주가 그린 거야. 참 잘 그렸지? "

"네. 이건 오래된 그림인데요?"

"응"

"아들집에 살 때 손주가 나를 그린 거야."

할머니를 별로 닮지 않은 변색된 오래된 그림.

그리고 서툰 글씨가 써 있는 누런 종이도 있습니다.

"할머니 이 종이는 뭐예요?"

한참을 보시더니

"우리 아들 장가 보낼 때 궁합 본 것"

"할머니. 궁합이 뭐예요?"

"신랑 각시가 잘 맞나 뭐 그런 거지."

비밀상자를 서로 보여주고부터 노할머니와 떨메의 사이는 갑자기 더욱 친해졌습니다.

* 날개를 그려요

요즈음 들어 노할머니는 누워 계신 날이 많습니다.

떨메는 점심을 먹고 나면 슬그머니 노할머니께 갑니다. 댕그라니 혼자서 누워만 계신 것도 가엾지만, 방에 들어가 할머니를 부르면 하얗고 뼈만이 앙상한 손을 내밀며 그 반가와 하는 눈빛이 아른거려 떨메는 자신도 모르게 일어나 가곤 합니다. 노할머니의 방은 환할 때도 침침합니다.

집에 들어서니 마루에 햇살이 가득합니다.

"할머니. 해바라기 좋아하시죠?"

"응"

얼음장 밑에 물소리 같은 힘이 할머니와 떨메를 돕니다.

떨메는 있는 힘을 다해 할머니를 밀고 할머니도 힘을 다해 마루로 나옵니다.

"햇살이 참 곱다."

햇살을 쪼이자 할머니의 얼굴이 티 없는 웃음으로 활짝

핍니다.

팔을 뻗어 햇살을 쪼이며 팔을 돌리기도 하고 햇살을 손으로 잡았다 폈다 장난도 합니다.

그것도 힘이 드시나 봅니다.

이번에는 먼 산을 멍하니 바라봅니다. 먼 산은 그냥 먼 산인데 할머니의 얼굴이 점점 곱게 핍니다

할머니는 나무를 스쳐 가는 바람 소리에 귀를 기울입니다. 소중한 비밀이 숨겨져 있나 봅니다.

"참 좋다."

할머니의 말속에 행복이 춤을 춥니다.

할머니는 힘이 부치시는가 조용히 잠이 드십니다.

떨메는 어제 그리다 두고 간 크레파스와 그림공책을 방에서 가지고 나와 할머니를 그립니다.

둥글게 얼굴의 윤곽을 그리고 하얀 머리를 그려 넣습니다. 햇살에 비쳐보기도 하고 쓸기도 하던 파리한 팔과 다리도 그립니다. 햇살을 잡았다 폈다한 손도 물론이고요. 바람소리를 듣는 귀도 행복하게 바라보던 눈도 그렸습니다.

햇살 같은 웃음을 넣었습니다.

떨메와 달궁이

아직 그림이 허전합니다.

할머니는 꿈속에서 누렁이에게 먹이를 주는 게 분명합니다.

누렁이가 맛있게 먹으면

"맛있게 먹는구나. 맛있을 때 많이 먹어라."

할머니는 대견스레 하시며 지금과 같은 얼굴이셨으니까

누렁이도 그려 넣습니다. 누렁이 밥그릇도 그렸습니다.

그래도 그림이 허전합니다.

'햇살과 산이 하늘이 빠져서 일까?'

'무엇이 빠졌을까?'

떨메는 할머니를 바라보다 그림을 들여다 보다 하기를 계속합니다.

'무엇일까?......'

'그렇다!'

할머니의 어깨에 날개를 달았습니다. 천사의 날개를

지금 할머니는 천사가 분명합니다.

햇살과 놀더니 할머니는 천사가 되었나 봅니다.

'햇살이 천사를 데리고 왔을까? 아니면 천사가 햇살을 따라 왔을까? 그것도 아니면 할머니 속에 있던 천사가 햇살이 좋아서 나왔을까?'

떨메는 잠든 할머니를 물끄러미 바라봅니다.

시간이 제법 흘렀나 햇살이 갔습니다. 떨메는 일어나 이불을 갖다 덮어드리려는데 할머니가 깨십니다.

"할머니. 덮을 것 갖다 드릴까요?."

"아니. 들어가 자야겠다."

떨메와 할머니는 힘을 다해 방으로 들어갑니다.

* 약이 된 대명

햇살이 상큼하니 뜨겁게 영글어 가면서 과일들이 단
맛이 들어갑니다.

오늘도 오고 보니 노할머니 댁입니다.

"할머니————"

오늘은 뜰에 나와 해바라기를 하고 앉아 계십니다.

"할머니. 이 고장 할아버지가 서울에서 살다 돌아가
서 오신대요."

"응"

노할머니도 알고 계신가 봅니다.

노할머니는 누가 인사를 가면

"우리 딸이 농사일이 바빠 잠시 도와주러 왔어요. 우
리 아들은 참 효자예요." 라고 묻지도 않는 엉뚱한 말
씀을 꼭 하시거나, 묻는 말과는 엉뚱한 대답을 잘 하
시고, 남의 말을 잘 알아듣지도 못하고, 움직임도 자유
롭지 못하여 사람들은 노할머니는 아무 것도 모르는
줄 알고, 노할머니와 이야기를 나누려 하지 않지만 실

은 모르는 것이 없습니다. 이 동네에 관한 한 옛날 옛
적 동네가 생겨날 때부터 아니 그 전에 것도 알고 계
십니다.

"할머니. 오늘 오신다는 할아버지 아셔요?"

하고 떨메가 여쭈니

"그 양반 참 복도 많다."

하고 말씀하십니다. 그래서 떨메가

"왜요?" 하니

"날씨를 봐라. 얼마나 좋으냐. 나도 이런 날 갔으
면...."

"죽는 사람이 날씨가 무슨 상관이어요."

"날씨가 좋아야 장례식에 오는 사람들, 일하는 사람
들 좋지."

"......"

"가시는 분의 인품이 좋으면 날씨가 좋다는데....."

노할머니는 무척이나 부러우신가 봅니다.

"할머니도 착하니까 좋을 거예요."

"고맙다."

"할머니. 저 할아버지 착하셨어요?"

"음. 착했지."

"할머니보다도 더?"

"그럼"

"할머니. 할머니는 소원이 뭐예요?"

"늙은 사람이 소원은 무슨 소원. 가는 날 날씨 좋으면 대복이지. 내가 가는 날도 이렇게 좋았으면 좋겠다."

그것 말고 또 원하는 게 뭐예요?

"저 앞 들길을 시원한 바람 맞으며 휠휠 걸어 봤으면.."

"아휴, 시시해"

떨메의 말에 할머니는 방그레 웃습니다.

"할머니. 오늘 오시는 할아버지 아셔요?"

"그 양반 보뜰 부잣집 둘째 아들."

"그 할아버지는 왜 서울에 가셨어요."

"그 이야기를 하자면 길지."

떨메는 침을 꼴깍 삼키고 할머니 앞에 다가가 앉습니다.

"이야기 해 주세요. 네. 할머니"

1부 떨메와 달궁이

143

오래전 일이다.

보뜰 부잣집엔 아들이 형제가 있었단다.

큰아들 대수는 공부하러 서울로 갔고 작은아들 재수
는 부모를 도우며 집에서 한학을 공부했지.

헌데 공부하러 떠난 대수가 몹쓸 병에 걸려서 돌아
왔습니다.

좋다는 약은 다 구하여 먹였지만 낫지를 않습니다.
약을 구하기 위하여 많은 농토도 거의 다 팔았습니다.

집안은 근심이 가득합니다. 어머니 아버지에게선 웃
음이 사라졌습니다.

'어찌하면 좋을까? 어떻게 하면 형의 병을 고칠 수
있을까?'

재수는 생각하고 또 생각합니다만 좋은 방법이 생각
나지 않습니다.

'은혜사에 가 보자.'

절골 은혜사는 재수가 어렸을 때 어머니 기도하러 가
면 종종 따라 가던 곳입니다. 어머니는 쌀도 가지고 가
시곤 했는데 그럴 때면 재수는 어머니를 따라 나서며

어머니를 거들곤 하였습니다만 형이 아프면서 잊고 있었습니다.

'그래 부처님께 비는 수밖에. 모든 약이 효험이 없으니······'

재수는 부처님께 빌어야겠다고 결정하고 보니 부처님께 빌면 꼭 나을 것 같은 생각이 듭니다.

'관세음 보살. 나무 관세음 보살. 형의 병을 낫게 해 주셔요.'

절에 가면서도 소원을 외며 갑니다. 옛날 어머니도 그리 하셨던 것 같습니다.

가다가 냇가에서 목욕도 합니다. 이것도 몸도 마음도 깨끗이 하고 가야 한다 시던 어머니의 말씀이 생각나기 때문입니다.

재수는 어머니가 하시던 대로 따라 해봅니다.

재수는 법당에 들어가 계속 계속 부처님께 절을 하며 소원을 빕니다.

절을 하고 나오니 스님이 뜰에 계십니다.

"오랜만이구나."

스님의 말씀에

1부 떡메와 달궁이

떨메와 달궁이

"네. 형이 몹시 아파요."

재수는 스님을 뵙자 눈물이 왈칵 납니다.

"방으로 들어가자."

스님을 따라 방으로 들어간 재수는

"스님. 형의 병을 낫게 해 주세요."

재수는 스님이 의사인 양 조릅니다. 스님께 매달려 웁니다.

스님은 아무 말이 없이 품안의 재수를 감쌉니다.

"스님. 어머니 아버지가. 그리고 형이 너무 불쌍해요."

"……"

"도와주세요. 스님"

참았던 울음이 한꺼번에 터져 나와 울음을 진정할 수가 없습니다.

"엉엉---- 형을 살려주세요. 네? 스님"

동생이 눈을 떠보니 스님의 품입니다. 스님의 품에서 한없이 울다 잠이 들었던가 봅니다. 스님의 얼굴을 보자 동생은 또 눈물이 납니다.

아무 말씀이 없던 스님이 천천히 말씀하십니다.

1부 떨메와 달궁이

"너의 집엔 대명이란 구렁이가 있는데 아침해가 뜰 때가 되면 울타리에 스르르 나와 떠오르는 태양을 향해 머리를 곧게 세우고 해의 정기를 빨아들이고는 울타리 아래 몸을 둥글게 둘둘 틀고는 가만히 있다가 먹이가 멋모르고 지나가면 순식간에 잡아먹고는 숨어 버리곤 하는데 대명은 특히 두꺼비를 좋아해서 즐겨 잡아먹곤 한다.

두꺼비 또한 새끼를 낳을 때가 되면 대명이란 구렁이가 나올 때를 기다려 구렁이 앞에 가서 알씬거린다. 구렁이에게 먹히기 위해서.

대명이는 이게 웬 횡재냐 하고 냉큼 잡아먹는다."

"그러면 새끼 갖은 어미 두꺼비는 죽겠네요?"

"음. 어미 두꺼비는 구렁이 뱃속에서 새끼를 낳고 그 새끼는 그 구렁이를 먹고 자라서 구렁이를 뚫고 나온단다."

"그러니까 두꺼비는 새끼를 기르기 위해 일부러 구렁이의 먹이가 된 거네요?"

"그렇단다. 새끼를 위하여서라면 어미는 죽음을 두려워하지 않는단다. 미물도."

떨메와 달궁이

스님은 잠시 말이 없습니다.

"스님. 그래서요?"

"두꺼비를 삼킨 대명이는 큰 약이 된단다."

"스님. 그럼 형도?....."

"허나 이것을 형에게 말하여서는 안 된다."

"네 염려 마셔요."

"나무 관세음보살"

하시고는 스님은 아무 말씀이 없습니다.

동생은 매일 울타리 앞에서 기다립니다..

떠오르는 해의 정기를 먹음은 대명이 새끼를 품은 두꺼비 물기만을 기다립니다.

처음에는 잡을 수 있으리라는 희망을 가지고 기다렸습니다.

그러나 떠오르는 해의 정기를 받고 있는 것은 고사하고, 두꺼비 문 것은 고만두고라도 대명이 아니 구렁이 한 마리 보이지 않습니다.

기대를 갖기에는 너무 허망합니다. 공연한 헛수고를 하는 듯합니다.

'고만둘까?'

재수는 다시 마음을 추스릅니다.

'떠오르는 해의 정기를 받는다니 해가 뜨기 전 일찍부터 살펴보자.'

'혹시 내 발소리에 대명이 숨는 것은 아닐까? 발소리를 죽여 가며 조용히 조용히 걷자.'

재수는 해가 뜨기 전 일찍 일어나 조용조용히 걸으며 살핍니다.

그래도 대명이, 해의 정기를 받는다는 대명이. 두꺼비를 문 대명이는 눈에 띄지 않습니다. 어찌 된 것이 대명은커녕 뱀 새끼도 안 보입니다.

'옛날부터 내려오는 헛된 이야기가 아닐까?'

'혹시 내가 자기를 잡는 줄 알고 도망간 것은 아닐까?'

재수는 스님을 찾아갑니다. 헌데 스님도 보이지 않습니다.

두꺼비를 문 구렁이를 구한다는 것은 쉬운 일이 아닌가 봅니다. 아니 불가능한 일인 것 같습니다.

'포기할까? 포기할 수밖에 없다.'

그렇다고 포기할 수도 없습니다.

'어찌할까? 어찌해야 할까?'

'정성이 부족한가?'

재수는 하루도 빠짐 없이 매일 해 뜨기 전에 일어나 몸을 닦고 마음을 안정하여 기도를 한 다음 기도하는 마음으로 조용히 울타리를 돕니다. 그 큰 울타리를 매일 살핍니다. 정성을 다합니다.

허나 힘만 들고 전혀 나타날 기미를 보이지 않습니다.

'그만 두어야 하나?'

'쓸데없는 일이 아닌가?'

'있을 수 없는 것을 공연히 노력하고 있나?'

'스님은 어디 가셨을까? 나에게 거짓말을?'

'그럴 리는 없다.'

그럴 때마다 재수는 자신의 정성이 부족한 것이 아닌가 또는 자기의 정성을 시험하는 것이 아닐까 생각하며 더욱 정성을 다 할 뿐입니다.

헌데 어느 날입니다.

그날도 재수는 정성껏 울타리를 돌고 있습니다. 구렁이를 찾는 다기보다는 형의 병을 낫게 하여달라는 간절한 일념으로 염불을 하며 돕니다.

헌데 정말 신기한 일입니다. 항시 지나던 곳이 건만 옛날에는 왜 못 보았을까요. 대명이도 처음인데 더 한 것은 배가 불룩한 새끼를 밴 두꺼비를 꿀꺽 하고 있는 것입니다. 꼭 꿈속 같습니다.

재수는 멍하니 바라만 볼 뿐 몸을 움직이지 못합니다. 헌데 대명은 꼭 재수가 자기를 거두어 가기를 기다리는 것 같았습니다.

'어떻게 이런 일이 내 눈앞에 일어나고 있는 걸까?'

결국 형은 새끼를 가진 두꺼비를 삼킨 대명이를 다려 먹고 일어났습니다.

병이 나은 형은 아우에게 캐물었습니다.

"그 약이 무엇이기에 이렇듯 신효하냐?"

재수는 말하지 않았습니다. 그러자 이 번에는 재수를 따라다니며 시중을 드는 아이 돌쇠를 불러다 묻습니다.

"나에게 준 약이 무엇이더냐?"

"모르옵니다. 도련님이 혼자 하신 일이라 모르옵니다."

"그래? 동생이 내가 귀찮으니 내게 비상을 먹였던 게로구나. 그런데 살아난 모양이야. 그렇지? 그래서 말을 못하는 게 아니냐? 말을 안 하면 너를 벌주겠다. 그리고 재수도 벌을 줄 것이야."

대수는 엄포를 놓습니다.

돌쇠는 어이가 없습니다.

'형의 병을 낫게 하기 위하여 동생이 얼마나 고생을 하였는데 상을 주어도 시원치 않을 터인데 벌을 주다니.'

"도련님이 하신 일이라 자세히는 알 수 없으나 뱀인 것 같았습니다."

자기가 본 대로 말하였습니다.

"알았다. 가 보아라."

형이 처음 시골에 왔을 때입니다. 뱀이 좋다고 뱀을 약으로 준 적이 있었습니다.

그때 형은 소리소리 쳤습니다.

"약값이 아까워서 병원 약도 못 고치는 걸 민간요법으로 하겠다고. 다시는 뱀 같은 것은 먹지 않겠어."

형은 생각합니다.

'뱀이 몸에 좋기는 좋은가 보구나. 병이 낫다니!'

헌데 병이 나은 형은 뱀을 먹었다는 돌쇠의 이야기를

듣고 더욱 건강하기 위해 뱀을 즐겨 먹습니다. 형이 뱀을 먹고 불치의 병이 나았다더라 하는 소문이 퍼지면서 이웃 사람들도 너도나도 뱀을 잡더니 급기야는 뱀은 씨도 없이 다 죽게 되었습니다.

그러더니 급기야는 부잣집에는 업구렁이가 있다는 말을 듣고 형은 자기 집 업구렁이를 잡겠다고 했습니다.

"형님. 업구렁이는 업이라고도 하고 지킴이라고도 하는데 집을 지켜 준다는데 그것을 죽이면 집이 망한다고 합니다."

"신학문을 배우지 않으면 이래서 탈이야. 뱀은 뱀이지 지킴이는 또 뭐냐. 뱀이 무슨 사람을 지켜주냐. 염려 말고 잡아라."

이젠 누구도 말릴 수 없습니다.

돌쇠는 재수에게 묻습니다.

"도련님. 업구렁이가 진짜 있기는 한 건가요?"

"글쎄다."

"무얼 먹고살아요?"

"주로 지붕에 사는 해충이며 조류를 잡아먹고 살겠지?"

"사람을 해치지 않나요."

"응. 사람은 해치지 않는다더라."

형은 지킴이를 잡는다고 온 집안을 쑤시고 다녔는데 어느 날 몸에 상처를 입고 도망가는 큰 구렁이의 꼬리를 돌쇠는 보았다고도 합니다.

그 다음 해에는 마을에 큰 돌림병이 돌아 많은 사람들이 죽었습니다. 소문에는 동네 이장의 꿈에 큰 구렁이가 나타나서

"너희들은 어찌하여 나의 씨를 말리느냐. 천벌이 무섭지 않느냐!"

하며 호통을 쳤다고도 합니다.

재수가 외가에 나들이를 가고 집에 없을 때입니다. 집에 불이 나서 집이 다 타 없어졌습니다. 마을 사람들은 아침 군불을 때던 돌쇠의 부주의로 불이 났다고도 하고 업구렁이가 없어져서 그렇다고도 했습니다.

재수만 살아 서울로 갔는데 착하고 부지런하여 큰돈을 벌었습니다.

"절 골에 있는 은혜사를 다시 짓고, 우리 동네 마을회

관도 그 양반이 지었고, 이곳 아이들 서울로 유학 가면 있을 곳이 없다하여 기숙사도 지으며 이곳 사람들이 서울에 가면 잘 도와주었단다."

"아, 그래서 오늘 동네사람들이 할아버지를 위하여 꽃상여를 준비했군요?"

"암 그래야지. 이 동네사람 치고 그 할아버지 신세지지 않은 사람 있나. 잘 해드려야 하고 말고."

"할머니, 상여가 나가는가 봐요. 나가 보고 올게요."

산등성이 위로 약간 푸르스름한 색이 번져 있을 뿐 구름 한 점 없이 온통 파란 하늘. 칼칼한 바람이지만 따뜻하게 내려 쬐는 햇살. 밤나무에는 밤이 누렇게 아람이 들어 얼굴을 내밀고 감도 단 색깔을 내비치고 대추도 발갛게 익어가고 배는 이미 단맛이 흠씬 젖어 있습니다.

마을 사람들이 꾸민 울긋불긋 아름다운 꽃상여는 누렇게 벼가 익어 가고 고추잠자리 공중에서 춤을 추는 들길을 지나 꽃보다 아름답다는 단풍이 물들어 가는 산골길로 갑니다.

꽃상여를 메고 가는 사람들은 의장대 같이 발을 척척

떡메와 달궁이

156

맞추어 가는데 이따금 어떤 이는 앞에 나와 춤을 덩실 덩실 추기도 하고 구슬픈 노래 소리도 들립니다. 꽃상 여 뒤에는 많은 사람들이 아주 많은 사람들이 따라 갑 니다. 상여 속에 할아버지도 흐뭇하게 웃고 있을 것만 같습니다.

"할아버지가 꽃가마 타고 장가가시네!"

칠성이가 외치자 아이들은 들길을 달음박질합니다.

* 보뜰 부잣집

"할머니. 보뜰 할아버지 댁은 언제부터 이 고을에 사
셨어요?"

"아주 아주 오랜 옛날부터"

"언제부터 부자였어요?"

"그것도 오랜 옛날이었단다. 나도 어려서 들은 이야
기니까."

떨메는 궁금합니다.

"할머니 이야기해 주세요."

오늘은 노할머니의 기력이 좋으십니다. 또박또박 정
확한 발음으로 오랜 시간을 앉아서 이야기를 들려주십
니다.

옛날 아주 옛날 이 고을 이씨 내외가 아들 둘을 두고
열심히 살았단다. 헌데 이들은 너무 가난하였어. 하루
는 이씨 부부 마주앉아 서로 하소연을 하며 울었단다.

"우리는 열심히 농사를 지었으나 올 겨울 네 식구 먹

고살기가 어렵겠으니 어찌하면 좋단 말이요?"

두 아들은 밖에서 돌아오다 부모님의 말씀을 듣고 깜짝 놀랐습니다. 둘째 아들이 화가 나서 말했습니다.

"나는 우리 집에 양식이 넉넉한 줄 알았는데 추운 겨울에 우리는 배까지 곯아야 한다니..."

첫째 아들은 아우를 끌고 울 밖으로 나오더니 털썩 주저앉아 고개를 툭 떨어뜨리고는 아무 말이 없습니다.

아우는 형을 건드려 봅니다.

"형 정신 나갔어?"

얼마 후 형은 툭툭 털고 일어서더니 동생을 끌고 부모님께로 가서

"아버님. 저는 집을 떠나 돈을 벌어 가지고 오겠습니다."

부모님은 펄쩍 뛰며 말렸습니다.

"곧 추워질 터인데 어디를 가서 돈을 번단 말이냐? 굶거나 얼어죽기 십상이다. 살아도 같이 살고 죽어도 같이 죽자."

아우가 말했습니다.

"우리도 다 들었어요. 별다른 방법이 없지 않아요. 모

두 굶을 수는 없지 않아요."

"그게 무슨 소리냐? 절대 안 된다."

형은 볏단을 가져다가 부지런히 짚신을 삼아 둘러메고는 부모님께 인사를 드리고 길을 떠났습니다.

"아버님 어머님. 소자 돈을 벌어 오겠으니 염려 마십시오. 아우야 부모님 잘 모셔라."

형은 부모님을 위로해드리려고 돈을 벌어 가지고 오겠다고는 했으나 돈을 벌기는커녕 당장 허기진 배를 채울 방법도 없었습니다.

마을을 만나면 들어가 일하고 먹을 것을 청하지만 일도 없고 밥을 먹기도 힘듭니다. 하루 한 끼를 먹기도 힘듭니다.

'남쪽은 덜 추울까?'

남으로 남으로 마을을 찾아 걸어갑니다.

거의 한 달은 걸었는가 봅니다.

'오늘은 어떤 마을일까?'

점심이 기울어서 한 마을에 이르렀습니다. 제법 마을이 깨끗합니다.

'이 마을엔 일 할 사람이 필요할 것 같은데.....'

마을에 들어가 만난 젊은이에게 사정을 이야기 하니 마을에서 제일 큰 집으로 그를 직접 데리고 갑니다. 주인인 듯한 이가 나오더니 사정을 듣고

"나그네가 며칠을 굶은 듯하니 밥을 넉넉히 주도록 해라. 그리고 막 술도 걸러 놓았으니 술도 대접하도록 해라."

형은 고맙다는 인사를 몇 번이고 하고는 몇 끼를 굶은 터에 정신없이 먹고 나니 졸음이 쏟아집니다. 거기에 술까지 마시고 보니 몽롱하니 깊은 잠에 빠졌습니다.

주인은 젊은이들에게 말했습니다.

"잠이 들었는가를 확인하고 자루에 넣고 자루의 입구를 꼭꼭 묶어라. 날이 어둡기 전에 서둘러 해라."

자루 속에 들어간 형은 마차에 실려 호랑이가 많이 산다는 호골로 옮겨집니다. 호골에 이르러 젊은이들의 손은 바빠집니다. 형이 담겨진 자루는 큰 나무의 가지에 매달아 놓고 다른 가지와 옆의 나무의 가지는 날카롭게 뾰쪽하게 모두 깎아 놓았습니다.

"자루는 쉽게 떨어지지 않도록 잘 묶게."

지휘하는 자는 조용하면서도 신속하게 그리고 단단히

이릅니다.

  그리고 젊은이들은 호골을 떠났습니다.

  형은 오슬오슬 한기를 느끼며 눈을 뜨려는데 이상한 짐승소리에 정신을 가다듬고 보니 날은 어두웠고 자루 속에 갇혀 나무에 매달려 있는데 호랑이들은 사람냄새를 맡고 자루를 향하여 뛰어오르는 것입니다.

  어흥 하고는 껑충. 어흥 하고는 껑충. 어느 놈은 자루를 스칩니다. 호랑이들이 아우성입니다. 떨어지기만 하면 그대로 호랑이의 밥입니다.

  '아! 너무 너무 무섭습니다. 숨도 멈춥니다.'

  호랑이들은 자루를 향하여 뛰어오르다가는 뾰족한 나뭇가지에 찔려 비명을 지르기도 하고 여러 마리가 다투어 뛰는 가 여러 마리의 소리가 한꺼번에 들리기도 합니다.

  형은 기도합니다.

  "떨어지지 않게 하여주소서. 어서 날이 밝게 하여 주소서. 살려주옵소서."

  해님이 돌아왔습니다. 호랑이의 신음 소리만이 간간이 들리는가 호랑이의 외침은 그쳤습니다. 형은 가만 가만

크게 숨을 쉬어봅니다. 밝은 빛이며 따스한 느낌 새소리 새로운 낮의 세계가 왔습니다.

형이 조심스레 자루를 나와 보니 살아 움직일 수 있는 호랑이는 모두 산으로 돌아가고, 나뭇가지에 찔려 걸려 있거나 죽어 땅에 쓰러져 있었습니다.

형은 호랑이의 가죽을 시장에 내다 팔아 큰 부자가 되었습니다.

형은 많은 돈을 갖게 되자 서둘러 부모님을 찾아갑니다. 오던 길보다 훨씬 빨리 도착했습니다.

"어머니 아버지 절 받으셔요. 제가 큰 부자가 되어 돌아왔어요."

죽을 것으로만 생각한 아들이 살아 돌아온 것만도 고마운데 부자까지 되었다니 부모님의 기쁨은 이루 말할 수가 없었습니다. 아들을 만져보고 또 만져봅니다.

'분명 꿈이 아니겠지!'

'형이 돈을 벌다니?'

동생도 형이 돈을 벌어 오리라곤 생각하지 않았습니다.

"형. 어떻게 돈을 벌었어?"

1부 떡메와 달궁이

아우의 말에 형은 그 동안의 사정을 이야기합니다. 그러나 가면서 배고팠던 서러움, 나무에 매달려 호랑이의 밥이 되기 직전의 무서움은 말하지 않습니다.

'아우가 들으면 얼마나 슬퍼하겠는가?'

헌데 아우는 슬그머니 욕심이 납니다.

'형이 부모님의 사랑을 독차지하는군. 나도 형처럼 부자가 되어 돌아오리라.'

'아무에게도 말하지 말고 살짝 가서 부자가 되어 돌아오겠다.'

아우는 넉넉한 돈을 가지고 떠났기에 고생하지 않고 쉽게 호골을 찾았습니다. 그리고 형이 말한 제일 부자인 듯한 집을 찾아 들어가 일자리를 청합니다. 주인은

"손님에게 음식과 술을 대접해라."

아우는 형에게 들은 대로임을 알고 매우 기뻤습니다. 음식과 술을 잘 먹고는 잠을 청하였습니다. 잠결에 어슴푸레 주인의 지휘하는 소리가 들립니다.

"이 번에는 전 번보다 살짝 매달아라. 먼저 놈은 살아서 그놈이 호피를 가지고 가지 않았느냐?"

"지난 번 놈은 먹지를 못해 바짝 마른 것이 움직이기

가 쉬웠는데 이 놈은 투실투실 무거워 일하기가 힘듭
니다."

일하는 젊은이들과 주인의 주고받는 말이 잠결에 어
슴푸레 들리나 크게 근심하지 않고 잠이 듭니다.

아우를 담은 자루는 나뭇가지에 매달립니다. 밤이 되
자 아우는 추위를 느끼며 잠에서 깨었고, 호랑이들은
아우를 잡아먹기 위해 자루를 향하여 뛰어오릅니다. 어
떤 놈은 가지에 찔렸는가 신음소리를 냅니다.

아우는 호랑이 가죽을 얻을 생각에 너무 기뻐 호랑이
의 뛰는 소리가 들릴 때마다 자루에서 춤을 춥니다.

호랑이가 껑충. 자루가 흔들리고 나뭇가지는 우지끈
끊어졌습니다.

부모님과 형은 오랫동안 아주 오랫동안 말없이 떠난
작은아들, 동생이 돌아오기를 기다렸습니다.

"노할머니. 그것은 우리 할머니께 들은 옛날 이야기
아니어요?"

"그래? 옛날 이야기지. 헌데 오늘 장례를 치르는 분
의 오랜 오랜 할아버지란다."

1부 떨메와 달궁이

10. 할머니의 그림 일기

　산 속의 겨울은 포근합니다. 나무는 날씨가 쌀쌀해
지면 벌레며 작은 생물이 염려되어 가슴이 빨갛게 노
랗게 타들어 갑니다. 나무의 사랑을 보고 하늘이 감동
의 눈물을 흘리면 빨간 노란 마음은 빛나는 낙엽이 되
어, 낙엽은 사랑의 꽃으로 온 산을 찬란히 물들이게 되
고, 온 세상을 따뜻하게 덮어줄 꿈을 꾸며 땅 위로 사
뿐히 내려옵니다. 겨울이 문턱에 다가서면 나무들은 서
둘러 마지막 낙엽을 떨구어 대지에 따뜻한 이불을 만
들어 줍니다. 그러면 하늘은 눈을 만들어 이불을 다독
이며 감싸줍니다. 땅 속에 땅 위에 모든 생물은 나무며

하늘이며 큰마음의 보살핌에 의해 포근한 겨울을 맞게 됩니다.

눈 덮인 산은 바라만 보아도 포근합니다. 따스한 햇살이 산을 비추면 산은 고마움에 반짝반짝 대답을 하는 모습은 떨메의 마음도 함께 기뻐지고 행복해 집니다.

낙엽을 덮고 눈을 덮고 벌레들은 포근하게 잠을 자는데, 그 중에 장난꾸러기 지루하여 몸을 비틀면 천둥은 호령하여 크게 꾸짖고는 안쓰러워 더욱 따뜻하게 많은 눈을 내려줍니다. 눈 내린 다음 날은 날씨도 더욱 포근합니다.

떨메도 할머니가 만들어 주신 포근한 이불 속에서 여름에 만났던 벌레 새 짐승들을 생각합니다. 온 산이 흔들리는 듯 한 천둥소리 바람소리에도 할머니의 품은 바람막이가 되어 따뜻한 겨울을 지냅니다.

바람이 불고 눈이 내리는 날은 온 식구가 모두 집안에서만 생활합니다. 할아버지는 붓글씨를 쓰거나 책을 보시는 시간이 많고, 할머니는 바느질을 하거나 맛난 음식을 만들어 주시곤 합니다.

떨메는 할아버지 옆에 앉아 할아버지 따라 붓글씨를

쓰거나 바느질하시는 할머니 곁에서 바늘에 실을 꿰어 드리기도 하고 그림책을 보기도 하고 책을 소리내어 읽기도 하고 그림을 그리기도 합니다.

밖에는 바람이 심하게 불고 있습니다. 할아버지는 책을 보고 할머니는 고구마를 찌셨습니다.

"떨메야. 고구마 먹자."

"할머니, 조금만 하면 다 되요."

"우리 떨메 그림일기 그리는 구나."

"예. 할머니. 엄마 오시면 보여 드릴 거예요."

매일 그림일기를 그립니다.

벌써 세 권이나 됩니다. 떨메 엄마는 떨메의 그림일기 보기를 좋아합니다.

떨메 엄마는 올 때마다

"떨메야, 엄마에게 그림일기 좀 보여줄래?" 하고 묻습니다.

보시고는 언제나 떨메를 꼭 껴안아 주십니다. 떨메는 엄마의 품에 안기는 것이 세상에서 제일 좋습니다. 엄마의 냄새가 좋습니다. 엄마의 품속에 있으면 편안하고 행복하고 포근합니다.

떨 메 와 달 궁 이

떨메는 열심히 그림일기를 그립니다.

할머니는 열심히 그리는 떨메를 한 참 보시더니,

"네 아버지도 잘 그렸었지......"

할머니는 또 떨메 아버지가 생각나시는가 봅니다.

"할머니, 우리 아버지도 그림 일기 그렸어요?"

"그럼 그리고 말고. 잘 그렸지."

"할머니는?"

"할머니도 그렸지."

"정말?"

"정말이고 말고."

"할머니. 할머니 그림일기 찾아 주셔요. 예?"

떨메는 졸라댑니다.

"이 녀석은 한 번 조르면 끝장을 보아야 하니. 원."

할머니는 서재로 가서 책장 맨 윗간에 차곡차곡 정돈
해서 얹어 놓은 일기장들을 가지고 오십니다.

"할머니. 진짜네."

누렇게 변색된 오래된 그림공책입니다

'그림일기?'

"할머니도 그림일기를!?"

떨메는 예상 못한 일입니다.

"할머니도 어린이였을 때가 있었단다."

"정말?"

할머니도 물론 있었겠지만 정말 어린이었다니 이상합니다.

"어디 좀 봐요. 할머니."

누런 종이에 크레파스의 색깔도 거칠고 그림도 서툽니다.

"이게 뭐예요?"

"썰매 타는 거란다."

할머니 그림 솜씨는 떨메만 훨씬 못했습니다.

<오빠가 썰매를 만들어 주었다. 참 재미있었다.>

"할머니, 썰매 타 보셨어요?"

"그럼. 할머니가 어렸을 땐 스케이트가 아주 귀했단다. 지금 썰매만큼이나. 할머니는 깊은 시골에서 자랐거든. 꽁꽁 언 손을 비벼가며 논배미에서 썰매를 타면 쌀쌀한 바람이 오히려 시원하고 몸에서는 땀이 났단다. 언 발, 혹독한 겨울을 추운 줄 몰랐었지."

"할머니, 썰매를 오빠가 만들어 주었어요?"

"그럼. 내 썰매는 잘 나갔었지."

"할머니 오빠 굉장하다."

"......"

"할머니, 그런데 할머니 오빠가 누구예요?"

"미국 간 지민이 할아버지란다."

"한국에 계시면 내 것도 만들어 달라고 할텐데."

"그럼, 한국에만 계시다면 만들어 주시고 말고. 할아버진 어렸을 때도 참 착했어. 동생도 많이 예뻐했지."

"할아버지 한국 오시면 내가 잘 해 드려야지."

"고맙다."

"고맙긴. 해드린 것도 아닌데."

할머니는 썰매 타던 이야기를 계속하셨지만 영수는 일기의 뒷장을 넘깁니다.

영수는 그림일기를 쓸 때마다 무엇을 그릴까 무엇을 쓸까 걱정을 했는데 그럴 필요가 없음을 알았습니다. 옛날의 그림일기라고는 하지만 할머니의 그림일기는 그림솜씨와 글씨가 매우 서툴었습니다. 그러나 재미가 있습니다.

다음 장에는 '오늘은 민수와 씨름을 했다.'라고 쓰여

1부 떨메와 달궁이

있습니다.

"할머니, 씨름 잘 하셨어요?"

"아니, 지곤 했어."

"그럼, 이날은 이겼어요?"

"아니."

"진 것도 그렸어?"

"응. 난 그 아이에게 매번 졌어."

"그런데 왜 또 씨름을 했어요?"

"이길 줄 알았지. 이틀 편식을 안 했거든."

"할머니. 편식이 무엇이에요?"

"음식을 가려먹는 거란다. 나는 콩밥도 안 먹고, 몸에 좋은 것도 입에서 싫으면 안 먹었어. 어머니 말씀이 편식을 안 하면 나도 이길 수 있다는 게야. 그래서 먹기 싫은 음식도 참고 이틀을 먹었지. 그리고는 이 날 씨름을 했지."

"그런데?"

"그런데는 뭘. 겨우 이틀 먹어 가지고 되니?"

"그래서?"

"그래서는. 그 다음에는 분해서 편식을 안 했지."

떨메와 달궁이

"할머니, 싸움도 했어요?"

"그럼, 할머니도 싸웠지. 땅 뺏기 숨기장난 등 놀다가도 싸우곤 했어."

"헌데 싸운 것보다 울기를 더 잘 했어."

"왜 울어. 바보처럼."

"땅 빼앗기 하다가 힘 좋은 아이들은 자기가 지는 듯하면 자기 땅이라고 막 고집을 부렸거든. 그러면 힘이 없는 나는 아니라고 우기다가 안되니까 울어버리곤 했지"

"울면 어떻게 해요. 그럴 땐 끝까지 싸우고 그래도 엉터리 부리면 때려 주는 거예요."

"싸우면 지는 걸. 때리기는커녕 맞는 걸."

"그러게 편식을 말아야지."

떨메가 지금 생각해도 답답합니다.

"씨름에 진 다음부터는 편식을 안하고 잘 먹고 튼튼해졌어."

"그러면 이겼어요?"

"내가 힘이 튼튼해졌을 때는 씨름으로 겨루기엔 나이가 많았어. 그때는 공부를 누가 잘하나 그랬지."

"공부는 어땠어요?"

"공부는 잘 했지."

"만세!"

떨메는 만세를 부릅니다.

"나도 크면 공부를 잘 해야지."

"그럼, 몸도 튼튼하고 공부도 잘 해야지."

"길례 할머닌 어땠어요?"

길례 할머닌 할머니의 친구입니다. 길례는 떨메의 친구이기도 합니다.

"길례 할머닌 예나 이제나 마음이 착했지."

옛날 길례 할머니 생각이 나시는가 봅니다.

"초등학교 봄 소풍 때였단다. 하필이면 봄 소풍 가는 날 우리 어머니가 나의 동생을 나으신 거야. 그러니 소풍간다는 말도 못하고 그냥 갔지."

"그러면 점심은?"

"점심은 고사하고 아침밥도 먹는 둥 마는 둥 하고 간 걸."

"배가 고팠겠다."

"배가 고팠지."

1부 떨메와 달궁이

"그때 길례 할머니가 한 동네에 사는 단짝 친구였단다. 영순이가 고구마 삶은 것을 주어서 그걸로 요기를 했지."

영순이는 길례 할머니의 이름이랍니다. 요기란 배가 고픈 것을 면할 정도로 음식을 조금 먹는 거구요.

"점심때가 되니까 길례 할머니가 도시락을 나누어 먹자고 하더라. 나뭇가지를 꺾어 젓가락을 만들어 먹었어. 처음에는 사양을 했지만 그냥 먹었어."

"먹고 났는데, 선생님께서 나를 찾으신다는 게야. 웬일인가 하고 갔지. 도시락을 못 싸온 아이를 조사하시고는 부르신 거란다. 나는 영순이 도시락을 먹었다고 했지만 다른 친구 2명이랑 셋이서 선생님 앞에서 또 맛있게 먹었지. 선생님 도시락 같았어. 반찬이 좋았으니까."

할머니는 옛날을 생각하시면서도 미안하신가 봅니다.

"나는 선생님 도시락을 또 먹었다고 영순이에게 말했지. 혼자만 또 먹은 것이 미안해서."

"그랬더니 화를 내?"

떡메와 달궁이

"아니. 부족했었을 텐데 잘 먹었다고 하더라."

할머니의 말이 끊어지기에 웬일인가 하고 할머니를 쳐다보니 눈물이 어린 듯 하여 떨메도 가만히 기다립니다.

"영순이는 하나 남은 고구마를 싸서는 선생님께 가져다 드리자는 게야. 선생님도 배가 고프실 거라고. 영순이는 자기 혼자 먹을 양을 나에게 나누어주고 나니 배가 부르지 않았겠지. 그러니까 선생님도 아이들에게 주고는 시장하실 거라고 생각했던 게야."

"길례 할머니는 참 착했네. 길례도 착한데. 할머니를 닮았나?"

할머니 말씀을 들으니 떨메도 친구들이랑 썰매장 가기로 한 약속이 생각납니다.

"할머니, 우리 열미 아이들은 금요일에 썰매장 가요."

"그래?"

"할머니, 길례네 전화해 보셔요. 안골 아이들은 썰매장 언제 가나."

"그럴까?"

할머니도 옛이야기 하시더니 갑자지 길례 할머니가

보고 싶어지셨는가 봅니다.

"여기 열미야. 별일 없어? 뭐라고? 내일 간다고? 저런. 의사는 뭐라 하고. 큰일 날 뻔했구나. 어쩐지 우리 떨메가 전화를 해 보라 하더니. 내가 도시락 준비해 가지고 갈게. 사 먹는다고? 알았어. 걱정 마. 아홉 시?"

전화를 끊기가 바쁘게 여쭈어 봅니다.

"할머니, 무슨 일이 생겼어요?"

"길례가 내일 썰매장 가는데 준비하다가 길례 할머니가 얼음에 다리를 삐었다는 구나. 침 맞으면 곧 나을 거라고 했단다."

길례 어머니도 직장이 있어 길례도 할머니 댁에 와서 삽니다.

"그래서 할머니가 가 주시려구요? 잘 생각하셨어요. 할머니. 저도 같이 가 드릴게요."

"우리 떨메가 철났네."

할머니는 환히 웃으시며 떨메를 껴안아 주십니다. 할머니 냄새는 언제 맡아도 구수하니 좋습니다.

떨메는 다시 그림일기를 씁니다. 할머니의 일기를 보고 자신을 얻었습니다.

떨메와 달궁이

"2001년 0월 0일

할머니의 그림일기를 보았다.

그 날의 일을 쓰기만 하면 뒷날엔 매우 재미있는
일기가 된다는 걸 알았다.

매일 일기를 꼭 쓰겠다."

'나도 할머니처럼 나이를 많이 먹게 될까? 그리고 오
늘이 생각날까?'

11. 진순이

  떨메네 집에는 할아버지 할머니 떨메 외에 또 한 식
구가 있으니 진순이 입니다. 진돗개 잡종인데 암놈이라
고 그래서 진순이라고 부릅니다. 낯선 사람이 오면 무
섭게 짖어대니 무서워하지만 실은 짖기만 할 뿐 물 줄
을 모르는 -- 이 집에 자주 드나드는 사람에게는 아예
짖지도 않고, 새들이 날아와 제 밥을 먹고 쫑알쫑알 대
고 날아가도 항거할 줄 모릅니다.

  진순이는 반경 2m도 안 되는 좁은 범위 안에서 활
동을 하며 그 긴긴 시간을 보냅니다. 어떤 때는 도를
닦는지 움직임도 없이 가만히 앉아 있기도 하고, 조용

한 바람소리에도 귀를 쫑긋거리기도 하고, 파란 빈 하늘을 쳐다보고 생각에 잠기기도 하고, 밝은 달을 쳐다보며 고개를 갸웃거리기도 하고, 낙엽 부는 가을엔 낙엽을 모아 놓고 점잖게 앉아있기도 하고, 비가 온 뒤 끝엔 썰매를 방석같이 깔고 앉기도 합니다. 그러나 동네 개들이 짖는다고 무턱대고 따라 짖는 법은 없습니다. 진순이가 바보인지 아니면 진짜 아주 영리한 개인지는 잘 모르겠습니다만 어떤 땐 개도사인가 생각될 때도 있습니다.

어떠하건 간에 떨메는 진순이의 눈빛을 좋아합니다. 무언지 깊숙이 골똘하게 생각하는 것 같기도 한 그 눈, 진순이의 눈을 들여다보며 진순이의 마음을 살피면 진순이는 떨메의 눈을 들여다보며 떨메의 마음을 읽으려는 듯 둘은 서로 고개를 갸웃 갸웃하다가 서로 웃어댑니다.

"하하"

"멍멍"

이 진순이가 오랜만에 정말 오랜만에 처음으로 새끼를 갖게 되고 지난여름 네 마리를 낳았습니다.

1부 떨메와 달궁이

통순이는 통통하게 살이 쪘어요. 먹이가 오면 먹이통에 제일 먼저 가고 늦게 도착해도 밀치고는 먹어대는데 무엇이나 잘 먹고 토실토실 털빛이 윤이 나고 귀엽습니다.

또 한 마리는 깜순이. 까만 털로 이루어진 이 강아지는 제 아비를 닮은 모양입니다. 새까만 놈이 이놈도 윤기가 자르르 흐르는 것이 까만 색 중에서 제일 예쁜 까만 색입니다. 재롱도 제일 잘 부립니다.

또 한 마리는 점돌이. 까만 몸통에 목둘레에 점이 박힌 강아지입니다. 숫놈이예요. 유일한 수놈이지요. 짖는 소리가 강아지 중에서는 제일 의젓합니다.

그리고 또 한 마리는 어미를 닮은 하얀 색의 날씬한, 새끼 중에서 제일 작으며 먹이를 주면 언제나 뒷전에 다른 강아지들 사이로 고개만 넣었다 뺐다 할 뿐 먹이 그릇에 입도 닿지도 못하고, 어떤 때는 아예 먹을 생각도 않고 다른 놈이 먹는 중에도 놀기만 하다 모두 먹고 물러난 다음 나중에서야 먹곤 합니다. 그러나 예쁘다고 쓰다듬어 주면 어미와 마찬가지로 선한 눈을 하고 주인의 눈을 열심히 들여다봅니다. 특히 떨메는

떨메와 달궁이

이 강아지를 제일 예뻐하고 식구들의 인기투표에서 뽑힌 놈이라 하여 그리고 암놈이라 하여 뽑순이라 불렸습니다.

진순이네 새끼들은 잘 자랐습니다 그런데 이 사람 저 사람 보기만 하면 가지고 가고 싶어합니다. 강아지는 뿔뿔이 헤어져야만 하게 되었습니다. 떨메는 모두 기르겠다고 떼를 썼지만 사람들은 떨메의 말에 별로 신경을 쓰지 않고 자기의 마음에 드는 것을 고르기에만 정신을 썼습니다. 모두 다 기르자던 떨메는 이제 한 발 양보하고 다른 강아지와는 헤어져도 뽑순이 만은 기르겠다고 우겼습니다. 그런데 할머니의 의견은 이것도 다릅니다.

"누구이건 강아지를 가지고 갈 때는 가장 마음에 드는 것을 가지고 가야 한다."

"뽑순이를 가지고 가겠다면?"

떨메는 깜짝 놀라 물었습니다.

"물론 너보다 뽑순이를 더 좋아하는 사람이 있어 가지고 싶다면 주어야지 어쩌겠니?"

떨메는 몹시 화가 났습니다. 그러나 가만히 생각해

보니 떨메는 누구보다 뽑순이를 좋아할 터이니 걱정할 필요 없었습니다. 다음부터 떨메는 뽑순이를 예쁘게 가꾸지도 더러워도 잘 닦아주지도 않습니다.

먼 친척 할머니가 오셨고 강아지를 보자 가지고 가고 싶어하십니다. 며칠을 묵고 떠나시던 날 뜰 아래 담 밑에 있는 개장으로 가신 할머니는 통순이는 잘 클거라면서 기뻐하셨고 뽑순이를 고를까 마음 졸이던 떨메도 마음을 놓을 수 있었습니다.

강아지가 세상에 나온 지 열흘쯤 된 날 왔다 가신 아주머니는 강아지를 가지러 오셨습니다. 이미 한 마리 강아지가 뽑혀나갔다는 이야기를 듣고 깜짝 놀라 개집으로 가셨습니다. 약고 똑똑하고 누구를 보면 고개를 살래살래 흔들며 달려오는 검둥이를 보시더니 반색을 하십니다.

"너는 나랑 우리 집에 가기로 했지!"

전날 강아지와 아주머니는 서로 약속이 되었었나 봅니다.

학교에 갔던 아이들이 집으로 돌아옵니다. 아랫집 언니 수진이는 점돌이를 좋아합니다. 하루에 한 번씩 목

둘레 점박이가 귀여운 점돌이와 놀다 가곤 합니다. 아주머니가 검둥이를 가지고 가시던 날 수진이는 집에 가서 엄마를 졸랐습니다.

"떨메네 점돌이 우리 집에서 살았으면 좋겠어. 누가 가지고 가면 어떡하지?"

수진이 엄마는 떨메 할머니에게 부탁하여 점돌이를 데리고 갔습니다.

사람들은 뽑순이의 그 예쁜 눈을 눈치 채지 못했습니다. 먹지 못해 삐쩍 마르고, 낯선 사람을 보고 잘 짖을 줄도 모르고, 재롱을 잘 피우지 못한다나요.

떨메는 뽑순이가 남게 된 것만이 기쁩니다. 뽑순이는 떨메네 집에서 한참을 살았습니다.

그런데 그림을 그리는 화가 아저씨가 오셨다가 뽑순이를 보시고는 그리시겠다는 거였어요. 먼 나라까지 두루 두루 전시될 그림을 그리시는데 뽑순이가 필요하다는 것입니다. 떨메는 섭섭했지만 뽑순이의 눈빛은 세계에 모든 사람들에게 보여줄 충분한 가치가 있으므로 아저씨 댁으로 보낼 수밖에 없었습니다.

뽑순이가 잘 있다는 편지와 함께 뽑순이의 그림을 사

진으로 찍어 보내온 날 진순이는 또 새끼를 낳았습니다. 새끼들을 모두 멀리 보내고 쓸쓸했을 진순이에게나, 뽑순이를 그림으로만 볼 수 있는 떨메에게도 무척 반가운 일이었습니다.

두 마리를 낳았는데, 한 마리 쫄쫄이는 떨메가 마당에 나오면 제일 먼저 달려듭니다. 낯선 사람이 오면 제일 먼저 짖어대고 밥도 잘 먹어요. 추운 날씨인데 방이 뜨끈뜨끈. 갑자기 웬 일일까? 나가보면 언제인지 벌써 쫄쫄이가 불을 때는 아궁이의 공기통을 열어놓아 불이 활활 타게 만든 것입니다 가을도 늦은 싸늘한 초저녁입니다. 막 잠이 들려는데 강아지의 이상한 소리가 들립니다. 떨메는 이불을 걷고 나가기가 싫습니다만 강아지의 소리가 애처로와 억지로 일어나 옷을 입고 나갔습니다. 강아지의 신음소리는 연못에서 났고 심심하던 쫄쫄이는 어둠 속에서 쥐와 숨바꼭질하다가 연못에 빠져 빨리 헤어 나오지 못하여 허우적거리며 끙끙거리는 것입니다. 식구들의 법석 속에서 건져 올려진 쫄쫄이는 옷으로 감싸인 채 집 안으로 들어왔고, 다음날 아침 떨메가 눈을 뜨고 뜰에 내려섰을 때는 벌써 쫄쫄 따라 나섭니다. 잠시도 멈춰있는 법이 없습니다.

또 한 마리 멍순이는 멍하니 쫄쫄이 하는 것만 바라보다가 떨메가 쳐다보면 계면쩍은 지 한 번씩 컹컹 짖곤 합니다.

이번만은 새끼 두 마리를 모두 기르자고 하였습니다. 그런데 눈이 온 다음날입니다. 떨메가 명희네 갈 때도 따라 왔었는데 쫄쫄이가 없습니다. 이것을 알게 된 것은 점심때가 지나서였습니다. 식구들은 동네를 모두 돌아다니며 쫄쫄이를 불러 보았으나 찾을 수가 없습니다.

'누가 데리고 갔을까? 누구를 쫄쫄 따라 갔을까?'

멍순이는 쫄쫄이가 떠난 것을 아는 지 모르는 지 웬일인지 밥을 잘 먹지 않습니다.

요즈음은 쫄쫄이를 잊었는지 아니면 암탉과 친해져서인지 이따금 암탉과 함께 숨바꼭질을 하다가 멍하니 앞산만 바라다봅니다.

매일 매일 눈에 띄게 늙어 가는 어미 옆에서 제 어미 진순이의 어릴 때 모습을 그대로 닮아 가는 것입니다. 더욱 신기한 것은 제 어미 진순이처럼 떠나간 뽑순이처럼 멍순이를 쳐다보면 멍순도 떨메의 얼굴을 갸웃갸웃 쳐다보는 것입니다.

생각해도 생각해도 멍순이의 마음은 알 길이 없고 멍순이의 머리를 쓰다듬어 주니 떨메의 심정을 안다는 겐지 모르겠다는 겐지 저도 컹컹 짖으며 장난을 합니다. 멍순이 역시 개도사가 되는 건가? 멍청인가?

진순이 짖는 소리에 가슴이 찡해집니다. 가만히 창밖을 내다보니 진순이가 달을 보고 짖고 있습니다. 구름도 없는 맑은 가을밤입니다. 달빛이 환히 뜰을 비춥니다.

진순이는 떠나간 강아지들이 그리워 짖는 걸까?

떨메는 와락 엄마가 보고 싶습니다.

엄마 ──

12. 도깨비 방망이

겨울은 썰매를 타거나 덫을 놓기도 하지만 산골의 겨울 가장 큰 활력소는 명절입니다. 그 중 정월은 더욱 즐거운 날이 많습니다. 설이 그러하고 열 나흘 명절이 그러하고 보름이 그러합니다.

설은 아버지 어머니가 꼭 오십니다. 삼촌도 오고 고모도 오고 동네가 씨끌씨끌합니다. 예쁜 설빔도 입습니다. 산도 들도 온 세상이 하얀 속에 알록달록한 한복을 곱게 차려 입으면 마을은 동화 속에 궁전과 같습니다. 일찍 맛있는 음식 잔뜩 차려놓고 차례를 지내고, 할머니 할아버지 어머니 아버지께 그리고 동네의 어른들께

세배를 드리면 아침 시간은 거의 끝나게 됩니다. 널도 뛰고 윷놀이도 합니다. 그 날은 가는 곳마다 맛있는 음식이 풍성합니다.

열 나흘에 아침 일찍 더위팔기와 점심에 갖가지 산나물과 오곡밥, 밥 아홉 그릇에 아홉 번 책읽기도 좋지만, 보름날 아침에 부럼을 깨물고 저녁에 달맞이의 재미는 빼놓을 수 없습니다. 보름날 막 떠오르는 달을 향해 절을 하며 소원을 빌면 이루어진답니다. 이 신나는 일이 정월 대보름날에 있습니다.

작년에도 달이 떠오르는 것을 남 먼저 보기 위해 할아버지 할머니랑 대보름날 저녁밥을 일찍 먹고 뒷산에 올라 소원을 빌었는데 소원이 이루어졌습니다.

떨메는 정월이 되면서 올해는 보름에 어떤 소원을 빌 것인지 골똘히 생각합니다.

전자오락기도 갖고 싶고, 피아노도, 예쁜 옷도, 구두도 그림책도. 갖고 싶은 것이 너무 많습니다. 하나만 고르기는 참으로 어렵습니다. 허나 몇 날 며칠을 생각한 끝에 아주 좋은 것을 생각해 냈습니다.

옛날 신라시대에 방이라는 마음씨 착한 사람은 도깨

비 방망이를 얻어 큰 부자가 되었다는 이야기가 생각 났습니다.

'그래, 바로 그거야.'

도깨비 방망이를 달라고 빌어보는 거야. 도깨비 방망 이만 가지면 모든 것을 다 이룰 수 있습니다. 이렇게 신통한 생각이 어떻게 떠오르게 되었는지 떨메 자신이 생각해도 신기합니다. 너무 훌륭한 생각입니다. 떨메 스스로가 생각해도 떨메는 머리가 썩 좋은 것 같습니다. 그 생각만 하면 웃음이 저절로 나옵니다. 요즈음 하루하루가 즐겁고 보름날이 기다려집니다.

꼭 이루어졌으면 하고 생각하니, 정말 달을 보고 빌면 소원이 이루어질까 하는 의심이 나며 걱정이 됩니다. 이런 의심을 하면 오히려 벌을 주지는 않을까 이리 저리 뒤척이며 생각하자니 밤에도 잠을 이루지 못합니다.

이때 머리가 하얗고 달처럼 환한 할아버지가 떨메가 있는 곳으로 오십니다. 할아버지는 모든 걸 다 알고 있을 것 같아 요즈음 궁금증을 여쭈어봅니다.

"할아버지, 정말 대보름날 달보고 소원을 빌면 소원

이 이루어질까요?"

할아버지는 빙그레 웃으며 말씀하십니다.

"마음씨 고운 아이가 빌면 틀림없이 이루어지고 말고."

"고맙습니다."

크게 소리쳐 인사하는 자신의 소리에 소스라쳐 깨어 보니 꿈입니다.

기쁜 소식을 할머니께 빨리 알려 드리고 싶은데 할머니는 주무십니다. 날이 밝기를 기다리며 할머니를 쳐다보고 있노라니 할머니가 타이르시는 것만 같습니다.

"떨메야, 좋을 때 너무 서두르지 마라. 좋은 꿈을 꾸었을 때는 말을 하지 말고 가만히 가지고 있으렴."

좋아서 잠 못 이루고 뒤척이다가 날이 샐 때서야 다시 잠이 들고는 할머니께서 아침밥을 먹으라고 깨우실 때에서야 늦게 일어납니다.

며칠 동안을 싱글벙글 웃고 지냅니다. 할머니는

"우리 떨메는 사람이 속이 좋아. 항시 웃고 사니 복을 많이 받을 게야."

하시며 덩달아 좋아하십니다.

떨메와 달궁이

192

"그렇고 말고요. 할머니."

정월 대보름이 되기 하루 전 열 나흘입니다.

열 나흘 아침 눈을 뜨기가 바쁘게 더위팔기가 시작됩니다.

더위를 파는 방법은 두 가지입니다. 하나는 친구를 찾아가 친구 이름을 부르고 친구가 대답할 때 '내 더위 사라.' 하고 파는 방법이고, 또 하나는 가만히 있다가 누가 와서 내 이름을 부를 때 대답하지 않고 '내 더위 사라' 하고 말하면 되는 것입니다.

이것은 아침나절까지만 하는 놀이입니다.

그러나 떨메는 이것이 쉽지 않습니다. 친구에게 가서 친구에게 더위를 팔려 친구 이름을 부르면 친구가 먼저 더위를 팔고, 친구가 이름을 부르면 아무리 다짐을 하고 있다가도 금시 깜빡 잊고 대답을 하게 되어 더위를 사게 됩니다.

그래도 이 놀이는 재미있습니다.

올해는 어찌 할까 생각하고 있는데 명희가 와서 이름을 부릅니다. 깜빡 잊고 반갑게 대답을 하여 더위를 사고 말았습니다.

'어찌할까?'

아무리 다짐을 하여도 친구가 와서 이름을 부르면 또 대답할 것이 뻔합니다.

'나서보자.'

나가서 친구의 이름을 부르고 더위를 팔아보자. 집을 나서 아람이네 집 쪽으로 가다보니 명석이와 칠성이가 양지에서 해바라기를 하며 몸을 흔들고 있습니다. 척 보기만 해도 금시 알 수 있습니다. 누군가가 자기를 부르면 더위를 팔기 위해 모르는 척 기다리고 있는 중입니다. 이런 때는 이름을 부르기만 하면 영락없이 더위를 사게 됩니다. 그래서 그냥 지나칩니다.

'어디로 갈까?'

궁리를 하는데

"떨메야-"

누가 부릅니다. 얼른 대답하고 돌아보니 명석이가

"내 더위 사라."

큰 소리로 외치고는 혀를 낼름 내밀었다가 집어넣으며 웃고는 돌아서 뛰어갑니다. 떨메는 분하여 눈물이 나올 뻔했습니다.

아람이네 집으로 향합니다. 아람이네 집에 들어서기 전 먼저 아는 체 하는 것은 언제나 깡돌이 입니다. 오늘도 깡돌이가 짖어댑니다. 깡돌이는 아람이네 개 이름으로 깡이 심하고 수놈이기에 붙여준 이름입니다. 떨메가 아람이네 집 앞에서 잠시 망설이고 있는데 아람이가 깡돌이의 짖는 소리를 듣고도 나오지 않는 것은 아람이 역시 집을 나와 어딘가에 가 있다는 것을 짐작할 수 있습니다.

'어디에 갔을까?'

떨메는 아람이네 집 앞에서 뒤돌아 한참 생각을 합니다.

'어디로 갈까?'

'왔던 길과는 다른 길로 가자.'

'누가 부르더라도 정신을 잃지 말자.'

다짐을 하며 떨메는 집으로 돌아가던 길에 앞마당이 깨끗이 쓸어져 있는, 삼거리에서 이사오신 아주머니 혼자서 살고 있는 집 앞에 멈추어졌습니다. 언제 보아도 이 집은 깨끗하고 아주머니는 다정합니다. 아주머니는

떨메가 인사를 하면 언제고 이 깨끗한 아침 마당 같은
반가운 웃음을 주며 상냥하게 대꾸를 하며 맞이해 주
곤 하십니다.

'어쩔까? 한번 들어가 볼까?'

열려져 있는 대문을 보니 한 발이 자동적으로 들어갑
니다. 집안이 궁금합니다. 집안을 기웃거려 보나 아무
도 보이지 않습니다. 그러니까 더욱 궁금해집니다.

'그래 들어가 보자.'

부엌 쪽을 살피는데 아주머니가 밖을 보다 떨메를 보
시고는

"떨메 더위 팔러 나왔구나?"

고개를 끄덕였습니다.

"아줌마- "

그냥 불렀습니다. 그런데 아주머니는 떨메가 더위를
팔려고 부른 줄 아셨는가봅니다.

"우리 떨메 더위 사고 말고. 우리 떨메 아프면 안 되
지. 아줌마가 사고 말고 ."

그리고는 품에 꼭 안아주십니다.

떨메는 더위 파는 것이 아픈 것을 주는 것인지 몰랐

습니다. 그냥 재미가 있었을 뿐입니다.

'더위라는 병이 무엇인지는 몰라도 내가 아플 것을
아주머니가 아프면 안 된다.'

떨메는 그것이 아니라고 말하려 했지만 아주머니의
사랑은 떨메를 더욱 곤혹하게만 합니다. 더위를 어른께
는 팔려고 생각해 본 적도 없습니다.

떨메는 인사도 제대로 못하고 집으로 뛰어와 방으로
들어가서 방 모퉁이에 쪼그리고 앉아 웁니다. 왜 우는
지는 떨메도 알 수 없지만 가슴이 두근거립니다.

'더위 파는 것 다시는 안 하리라.'

할머니가 앞치마에 손을 닦으며 황급히 들어오면서
물으십니다.

"떨메야, 왜 그러니? "

처음부터 끝까지 말씀드리니 하하 웃고는 떨메의 등
을 토닥거려 주고 나가십니다.

떨메는 나쁜 일을 한 것만 같은데 할머니는 웃으셨습
니다. 무언가 어떻게 하여야만 할 것 같은데 무엇을 어
찌하여야 할지 떠오르지를 않습니다.

할머니께 말씀을 드리고 나니 마음이 한결 시원합니

다.

할머니의 토닥토닥은 마음을 가라앉혀 주었습니다.

드디어 정월 대보름날이 되었습니다.

정월 대보름엔 아침 잠 속에서 밤이랑 땅콩이랑 호도 등 부럼도 깨물지만 저녁에 달맞이가 있습니다. 달맞이 준비에 바쁩니다. 동네 오빠들은 달맞이 준비를 멋있게 하는데 떨메는 어찌하여야 할지 또 하는 방법을 안다고 해도 오빠들같이 잘할 수가 없습니다. 오빠들의 심부름으로 하루가 빨리 흐릅니다.

오늘은 저녁을 일찍 먹어야 합니다. 달을 일찍 맞이하려면 동산에 높이 올라야 하니까요.

산에는 명희랑 아람이랑 칠성이 명석이 동훈이 그리고 동네 오빠들도 모두 함께 가기로 했습니다. 뒷동산 언덕 위에 올라 달이 떠오르기를 기다리고 있다가 막 떠오르는 순간 달을 향해 각자 소원을 빌고 낮에 준비한 불통을 달을 향해 팔을 뻗쳐 크게 원을 그리며 달을 맞이하는 것입니다.

떨메네 집에서 모여 함께 가기로 하였는데 아람이가

나타나지를 않습니다. 모두가 모였는데 안 옵니다.

조바심이 나서 그냥 올라가자 거니 조금만 더 기다리자 거니 의견이 분분한데 그때서야 헐떡이며 뛰어옵니다. 아람이가 나타났습니다.

"어찌 된 거니?"

"왜 늦었어?"

모두가 아람이를 향하여 물으니

"엄마가 세거리 아주머니랑 달맞이 가기로 하셨거든. 가는 길에 아주머니께 들려 빨리 오시라고 전하고 가라기에 들렸는데 늦어서 빨리 뛰어가다가 막 나오시는 세거리아주머니를 들이박았어."

"그래서? 아주머니 다치셨니?"

"아니, 괜찮다고 하셨어."

그리고는 좀 우물쭈물 하더니

"잘은 모르겠어. 나보고 늦었으니 빨리 가보라고 해서 먼저 왔어."

떨메는 도깨비 방망이를 구할 마음에 하루가 정신없이 지나갔는데 아람이의 말을 듣는 순간 어제 아침의 일이 떠오릅니다.

'아픈 것은 다 아줌마 주렴. 우리 떨메가 아프면 안 되지.'

아주머니가 아프면 안 된다. 떨메는 가슴이 섬찟합니다.

"떨메야. 왜 그래? 뭘 그리 생각해? 아이들 가잖아."

아람이가 떨메의 손을 끕니다. 아이들이 모두 앞서 가고 있습니다.

'혹시 나의 액운이 아주머니에게 간 것은 아닐까?'

떨메는 여간 걱정스러운 것이 아닙니다. 동산에 올라는 가지만 생각은 세거리 아주머니에 대한 일로 가득하여 빨리 오르지도 못합니다. 맨 꼴찌로 뒤로 쳐집니다. 앞서 가던 친구들이 어서 오라고 부릅니다.

"아니, 낮에는 제일 먼저 오를 것 같더니 왜 그리 늦니?"

이번에는 명희가 채근을 합니다.

"어쩌면 좋지?"

혼자 중얼거리는데 대답이라도 해 주듯 좋은 생각이 떠오릅니다.

'그래. 그러면 된다.'

떨메와 달궁이

1부 떨메와 달궁이

열심히 궁리하면 좋은 생각은 떠오르게 마련인 모양입니다.

'달님께 비는 거야. 아주머니 아프지 않게 해 달라고'

떨메는 부지런히 산에 오릅니다. 달이 뜨기 전에 올랐다가 달이 막 떠오를 때 빌어야 합니다. 발걸음이 빠릅니다.

떨메가 염려되어 자꾸 뒤돌아보던 명희가 이상한 모양입니다.

"떨메가 웬일이야. 이 번엔 발걸음이 갑자기 빨라지네."

떨메가 산마루에 이르렀을 때 아직 달은 뜨지 않았습니다.

둥근 해가 환하게 떠오릅니다. 달님께 빕니다.

'달님. 세거리 아주머니 건강하게 해 주세요.'

달님이 빙그레 웃습니다. 꼭 소원을 들어주신다는 표시겠지요. 즐거운 달맞이입니다.

집에 오니 할머니도 달맞이를 가셨는지 안 계십니다. 떨메는 고단하여 곧바로 잠자리에 들었고 잠이 들려는데 할머니가 들어오십니다.

떨메와 달궁이

"할머니, 어디 갔다 오셔요?"

"달맞이하고 내려오다가 명희 엄마랑 아람이 엄마랑 세거리 댁이랑 셋이 오는 것 만나서 명희네 들려서 놀다 온다."

"세거리 아주머니 다치지 않았어요?"

"응. 아람이 하고 부딪힌 거 말이구나. 처음에는 다쳐서 달맞이 못 가는 줄 알았는데 아람이 엄마가 하도 가자고 하며 부추겨 주어서 겨우 갔었단다. 헌데 달맞이하고 돌아올 때는 희한하게 나아서 오히려 앞장을 섰다는 구나 글쎄. 살짝 겹질렸다가 풀린 겐지..... "

떨메는 빙그레 웃으며 잠이 듭니다.

'달님, 고맙습니다.'

2부 햇살로 보여준 천국

햇살로 보여준 천국

작년의 일이었습니다.

내일이 크리스마스인데 평소와 다름이 없는, 아니 더욱 무겁게 가라앉은 집안 분위기에 온이가 조바심이 났습니다.

"엄마, 산타할아버지 꼭 있는 거지?"

"그래?"

"엄만, 산타할아버지가 매년 오셨잖아요."

"그래? 그럼 계신가?"

"올해도 선물 가지고 오시겠지?"

"선물? 기다리지 마라."

"왜?"

"산타할아버지가 어젯밤 꿈에 오셨더라. 매우 바쁘시다 면서 너희들에게 무슨 선물을 주면 좋겠느냐고 물으시기에 올해는 안 오셔도 좋다고 말씀드렸다. 세상에 아이들은 계속 늘고 얼마나 바쁘시겠냐?"

"엄마. 그럼 안돼."

"이미 말씀드린 걸. 참아라."

어머니는 온이 볼에 어머니의 볼을 비비며 머리를 쓰다듬어 다독거려 주셨지만 엄마가 밉습니다. 온이는 선물이 받고 싶을 뿐입니다.

어머니를 흔들어 떨치면서

"아냐, 꼭 오실 거야."

생각났습니다. 어머니가 어제 쌀을 뒤주에 붓고 쌀자루를 접어서 넣어두시던 것이. 커다란 쌀자루를 산타할아버지의 선물을 받기 위한 선물자루라고 어머니께 보여드리고는 자기의 방으로 가지고 가서 머리맡에 걸어두었습니다.

다음날 아침 온이가 눈을 떴을 때, 쌀자루는 처량하게 축 처진 채 걸려있었습니다. 가슴이 썰렁 눈물이 쑥 나왔습니다.

"우리 온이가 오늘 아침 일어나자마자 자루를 털었는데 아무 것도 없었는데."

누나의 말에 식구들은 하하 까르르 웃었습니다.

"당연하지 뭘 찾아봤니."

형이 말했습니다.

"쌀자루를 걸다니. 너무 커서 선물 받을 주머니인 줄 못 알아 보셨나보다."

아버지는 큰 소리로 웃으며 말씀하셨습니다.

그때 누나가

"산타할아버지께 편지까지 써 놓고 잤는데....."

볼멘 소리입니다.

"그렇다면 다시 찾아보렴. 자루 옆에라도. 편지라도 있는가."

어머니가 말씀하십니다.

"이젠 컸으니 형이나 누나같이 산타할아버지 조르지 마라."

아버지의 말씀입니다만 온이는 슬그머니 일어나 방으로 가서 자루 옆을 찾아보았습니다. 역시 선물은 없었지만 편지가 있습니다.

　"자랑스런 온에게

　나는 세계를 두루 다니지만 이토록 큰 선물자루를
건 아이는 처음이구나.

　무슨 선물이 좋을까 생각하다가 아주 큰 선물을 놓
고 간다. 모든 이의 마음을 기쁘게 하여 주는 사랑의
마음을 잔뜩 넣고 간다. 자루 안에 통통히 넣고 가지
만 네가 일어날 때쯤에는 그 사랑이 너의 마음속으로
모두 들어가 너의 마음을 살찌우고 자루는 축 처진
채로 걸려 있을 게다. 어찌 작은 물건으로 너를 기쁘
게 하겠느냐.

　너는 언제나 행복한 마음, 건강한 몸, 세상에 빛이
되렴.

1992. 12. 24.
산타할아버지로부터

　온이가 편지를 들고 밥상으로 돌아왔을 때 식구들은
놀랐습니다. 편지가 있으리라고 생각하지 못한 모양입
니다. 편지를 읽어보라고 하였지만 온이는 공연히 눈물
이 나서 얼른 고개를 숙이고 팔뚝으로 슬그머니 눈물

떡메와 달궁이

210

을 닦았습니다.

'작년의 크리스마스 기억이 아직도 생생한데 금년에
또 선물을 기대하다니.'

흰눈이 금방이라도 펑펑 쏟아질 듯 뿌우연 색으로 세
상을 덮고서 암상을 부리고 있는 하늘이며. 무언가 할
말을 어금니로 꼭 잡고있는 식구들의 표정.

"아아--"

누나는 짜증에 절은 기지개를 폅니다. 이때

"딩동"

"누가 왔다."

셋의 눈빛은 갑자기 밝아집니다. 형 누나 온이는 동
시에 우르르 뛰어나갑니다.

"누구세요?"

"나다. 아버지 계시냐?"

아버지의 친구이신 하나 아버지가 오셨습니다. 아버
지와 함께 약주를 들러 오셨답니다. 술병을 아예 들고
오셨습니다. 크리스마스 전날, 특별히 즐거워야 할 이
날 술상 시중에 어머니까지 빼앗겼습니다. 공연히 슬퍼

집니다.

"이렇게 밤늦게까지 있어도 괜찮을까요?"

하나 아버지의 말씀에

"아이들이 다 컸는걸요. 마음놓고 푹 노시다 가셔요. 안주가 마땅치 않아서."

마음은 어머니 아버지께 다 가 있는 걸까? 말씀이 솔솔 들립니다. 어머니는 어찌 그런 말씀을 하실 수 있을까.

'우리들이 어른이에요? 왜 좀 더 솔직하지를 못하시죠?'

어머니가 밉습니다.

'어서 손님이라도 가셨으면--'

아버지는 술상만 받으면 무엇이 그리 좋은 지 허허 웃으십니다. 손님이 오시기 전까지만 해도 아버지는 방에서 무엇을 하시는지 아무 기척도 없더니.

손님도 웃으십니다.

"맛있는 거 먹으며 식구들이 재미있게 놀아야 하는 건데."

누나는 도저히 못 참겠는지 투덜댑니다.

떡메와 달궁이

우선 손님이 가셔야 어머니가 안정하고 우리와 함께 앉아 계시고, 우리와 이야기라도 하고. 우리는 어머니께 투정이라도 떼라도 써볼텐데. 속이 부글부글 화가 치밉니다.

'오늘밤 머리맡에 선물꾸러미가 쌓인다면--'

형이 온이만 하였을 때까지는 크리스마스 때면 산타할아버지가 선물을 잔뜩 쌓아놓곤 하셨습니다. 그러던 것이 아버지가 직장을 그만두고 집에서 책만 보고 이따금 외출하시고 부터는 웬일인지 산타의 선물도 작아졌습니다. 우리가 컸기 때문일까요? 작년에는 아예 안 오셔도 된다고 어머니는 산타할아버지께 말씀드렸고.

시간이 깊어지자 손님이신 하나아버지는 집으로 전화를 하십니다.

"하나냐?"

"선물? 알았다. 알았으니까 졸리면 어서 자라."

선물을 사다 달라고 조르는가 봅니다.

'하나는 철없이 기다리겠구나. 하나 아버지는 술만 들고 계신데.'

텔레비전을 보고 앉아있기는 해도 마음은 한 곳에 집

중이 되지를 않습니다.

'하나의 선물을 사려면 어서 가셔야 할텐데......'

선물을 기다리는 하나가 눈에 선합니다. 선물을 받고 좋아할 모습도 그려봅니다.

'어쩌면 저러다 하나 아버지는 선물을 잊고 가실지도 몰라. 아니, 애당초 선물 같은 것은 살 마음이 없었는지도 몰라. 우리 아버지는 우리에게 선물이 없으시겠지? 우리가 다 컸다고?'

온이는 눈물이 나려합니다. 어른이 되어도 크리스마스선물은 받고 싶을 것 같습니다.

온이는 지금까지 한 푼 두 푼 모아두었던 저금통을 헐었습니다. 6800원 .모두 지갑에 넣고 시장에 갑니다.

아버지껜 잘 써지는 볼펜 한 자루. 어머니께 드릴 선물을 고를 때 좀 시간이 걸렸습니다. 예쁘면서도 엄마의 냄새와 맞는 것을 드리고 싶습니다. 어머니가 보시면 분명 기뻐하실 노란 금테에 하얀 구슬이 박힌 브로치. 누나에겐 무지개가 떠있고 새가 날고 잔디에 강아지가 뛰고 고운 빛깔로 칠해진 집이 그려진 예쁜 손수건. 누나가 보면 필경 소리를 꽥 지르고 좋아하겠지요.

누나는 좋으면 이상한 소리를 지르고 팔짝팔짝 뛰거든
요. 좀 호들갑을 떨어요. 형에겐 온이도 가끔 빌려 놀
수 있는 조립식 장난감을 샀습니다.

손님도 가시고 식구들이 모두 잠들기를 기다려 살금
살금 모두의 머리맡에 선물을 놓습니다. 꼭 산타할아버
지가 된 것 같습니다. 그리하여 산타할아버지로부터라
고 편지도 써서 선물과 함께 놓았습니다.

'이젠 잠을 자야지.'

얼른 잠이 오지 않습니다.

'무언가 빠뜨린 것이 없을까?'

머리 속으로 다시 한 번 점검을 해봅니다.

'그래! 내 선물이 없구나.'

온이는 자루를 찾았습니다. 그리고는 작년에 산타할
아버지가 주고 가신 편지를 꺼내 머리맡에 놓고 잠을
잤습니다.

온이가 아침 눈을 떴을 때, 무척이나 좋은 일이 생긴
듯한 식구들의 목소리가 화음이 되어 햇살과 함께 스
며듭니다. 아버지는 도, 어머니는 미, 누나는 솔, 형은
높은 도.

2 부 햇살로 보여준 천국

215

"엄마, 너무나 예뻐."

"나도 마음에 쏙 드는구나."

"잘 써지는데."

"편지도 잘 썼네."

이 소란스러움이 무엇 때문인지 금시 알아차릴 수가 있었습니다.

그러나 온이는 시치미를 뚝 떼고 밖으로 나가며

"왜 그래 형?" 하고 물었습니다.

형은 온이를 껴안더니 말했습니다.

"고맙다. 우린 네가 선물한 거 다 알고 있어."

술렁이는 식구들의 움직임에 아침 햇살이 춤을 추어 눈이 어지럽습니다.

"누나가 네게 선물을 주어야 하는 건데."

젖은 목소리로 안쓰러워 하며 온이를 꼭 껴안아줍니다.

"네 선물은 없지?"

아버지의 목소리에 온이는 왠지 금시 눈물이 핑 돌았습니다. 아버지의 눈빛을 마주할 수 없어 뜰로 시선을 돌렸을 때 간밤에 내린 발작 눈이 소복이 쌓여있었습니다. 상큼하고도 촉촉한 바람이 식구들의 둘레를 돌고 있습니다.

온이는 방으로 들어가 자루와 카드를 들고 파란 하늘을 빙 돌고 찾아온 햇살 같은 소리로 외치고 나오며

"엄마, 제겐 진짜 산타할아버지가 선물을 주고 가셨어요."

그런데 순간 온이는 화들짝 놀랐습니다. 몸과 마음이 뜰 듯이 가벼워지며 온 세상을 감쌀 듯이 흐뭇하고 뿌듯합니다.

'진짜로 간밤에 산타할아버지가 오셨던 거구나.'

'산타할아버지 감사합니다.'

좋아서 뱅뱅 돌다 바라본 눈에 햇살이 반짝하며 천국문의 샷다가 열립니다. 순간 정신차려 자세히 보려 눈을 깜빡했을 때 파란 하늘 하얀 눈이 시치미를 떼고 상큼하니 웃고 있습니다.

녹음기

 학교에서 돌아와 대문을 들어선 민수는 선뜻 현관문의
자물쇠를 열지 못하고 현관 앞에 주저앉아 해바라기를
하며 쪼그려 앉습니다. 아무도 없는 빈집에 들어서기란
언제나 있는 일이면서도 항상 내키지 않지만 오늘은 집
안으로 들어서기가 더욱 허전합니다.

 낙엽을 떨구고 앙상한 나뭇가지만이 겨울의 문턱을
들어서려 할 때 외할머니는 시골에서 오시더니, 며칠
전 나무에 물이 오른다며 서둘러 가셨습니다. 내눈엔
봄빛이라고는 보이지 않는데.....

 '할머니--'

할머니가 시골로 떠나시기 며칠 전 일입니다.

아버지는 누나에게 녹음기를 사다 주셨는데 누나는 민수에게 만지지도 못하게 합니다.

'흥 내가 학교에 갔다가 일찍 오는데 뭘. 내가 뒤져봐야지.'

마음먹고 오늘은 학교에 갔다 오자마자 누나의 방에 가서 녹음기를 찾아보았습니다. 민수는 누나의 마음을 훤히 압니다. 감추어 봤자 책상 서랍 속이지 별 곳이 있겠습니까?

민수는 녹음기를 찾아 이것저것 스위치를 눌러보고 작동도 해보고 실험을 하였습니다. 모든 것이 잘 돌아갑니다. 좋은 녹음기였습니다. 이제 제 자리에 두어야겠다고 생각하며 테이프를 빼려는데 이것이 제대로 되지를 않습니다. 겁이 덜컹 납니다. 그래서 이것저것 더 만진 것이 더욱 일을 그르치고 말았습니다. 이젠 작동이 안 됩니다.

'누나가 펄펄 뛰겠고, 아빠에게 일러서 나는 매를 흠씬 맞겠지?'

민수는 진땀을 흘리며 녹음기에 온 정신을 쏟고 있는

중입니다.

이때 할머니는 중얼거리면서 민수의 방문을 밀고 들어
오십니다.

"우리 민수가 아무 소리 없으니 웬일일까?"

민수가 조용히 있다는 것은 무엇인가 일을 저지르고
있는 중이라고 할머니는 늘 생각하십니다.

이때 할머니의 예상은 적중했습니다.

"무얼 하고 있니?"

할머니의 물음은 민수를 더욱 짜증나게 합니다.

"할머니는 몰라도 돼."

퉁명스럽게 대답했습니다.

"큰일났구나. 민수 아빠에게 매 맞겠다."

그걸 누가 모를까. 민수도 지금 그것이 걱정인데……

"할머니는 나가 있어."

민수는 울고 싶습니다. 이제는 겁보다도 약이 오릅
니다.

"고장났냐?"

"아냐. 몰라."

"고장났으면 어떡하지?"

떡메와 달궁이

"할머니. 내가 알아서 할 테니까 할머니는 나가 계셔."

"알았다."

하시더니 방문을 닫고 할머니는 나가셨습니다.

민수는 이것저것을 만지는데 역시 안 됩니다. 한참 후 할머니는 또 들어오셨습니다.

"됐냐?"

"아니."

"그러면 그냥 둬라. 자꾸 만지면 점점 더 고장나기 쉬우니까."

민수도 별다른 방법이 없습니다.

"그럼, 어떻게 해?"

민수는 할머니를 쳐다봅니다.

"잠깐만 있거라."

하고 밖에 나가신 할머니는 잠시 후 큰 종이봉투를 가지고 들어오시며

"여기다 넣어라."

"할머니가 고칠 수 있어?"

"할머니가 이런 걸 다 만지면 뭔 걱정이게. 아빠 보

떨메와 달궁이

구 고쳐 달래야지."

그렇지 않아도 아버지가 아실까 걱정인데 아버지께 드릴 것이라니 민수는 골이 납니다.

"할머니. 고만둬."

"그러면 어쩌겠니. 매 맞을 일이면 매 맞아야지.뭐."

민수도 별 수가 없습니다.

"할머니, 어떻게 하지?"

"글쎄다. 어떡해야 하지?"

답답하여 묻는데 되물으니 참으로 답답합니다.

저녁 식사를 하고 방으로 들어가신 아버지 어머니를 따라 할머니는 봉투를 들고 들어가셨습니다. 민수는 조마조마합니다.

"이것 좀 고쳐다오."

"아니, 이거 이번에 산 녹음기 아냐?"

어머니의 놀란 목소리도 들립니다. 그러나 오래 들을 수가 없습니다. 누나가 제 방에서 툭 튀어나오며 '너 왜 엄마 방 앞에 서 있냐?' 하고 물을 것만 같아 방문 앞에 오래 서 있을 수도 없기 때문입니다. 누나가 눈치라도 채는 날이면 일은 더 커집니다. 민수는 어머니의

방 앞을 왔다 갔다 하면서 엿듣고 있습니다. 그런데

"민수야--"

아버지가 부르십니다. 크게 꾸중을 들을 것 같습니다. 민수의 가슴이 툭 떨어지는 무거운 목소리입니다.

"예-"

목을 움츠리고 고개를 숙인 채 겨우 입에서 기어 나오는 소리로 대답하며 아버지의 방으로 들어갔습니다.

"너 이거 왜 그랬어. 응?"

아주 무서운 아버지의 음성입니다.

할머니께서 어머니께

"너희도 어릴 때 다 그랬다. 그걸 그래 놓고는 어린 것이 종일 힘없이 저러고 있으니 되겠니?" 하고 말씀하시니까

"알았어요."

어머니의 단호한 대답입니다. 할머니의 변호는 들을 생각도 안 하십니다.

할머니는 어머니를 향하여

"너도 네 언니 시계 처음 사 줬을 때 몰래 쓰다가 망쳐서 얼마나 혼났었니?"

"어머니. 옛날 애기를 왜 지금 하셔요. 지금은 민수를 야단치려고 하는데 그러시면 저 아이 버릇이 어찌 되겠어요."

"민수 버릇은 걱정 마라. 내 다시는 그러지 말라고 일렀다."

"민수가 할머니가 한 번 그러지 말란다고 그러지 않겠어요? 매를 맞아야지."

할머니가 민수에게 다시는 누나 것 만지지 말라고 말씀한 것도 사실이지만 그때 다시는 그러지 말아야 하겠다고 생각을 안 한 것도 사실입니다.

'하지만 다시는 그러지 말아야지. 할머니를 봐서라도.' 하고 생각하고 있는데

어머니가

"애 버릇이 나빠졌어요."

하니 할머니가 역정을 내십니다.

"아니, 애 버릇 나빠진 게 나 때문이란 말이냐? 내가 애 그르친 게 뭐 있냐 응?"

"지금만 해도 그렇잖아요."

"아니. 이 아이 녹음기 고장낸 것이 내 탓이란 말이

냐?"

"누가 녹음기 고장낸 것 말이어요."

"그럼. 지금 내가 아이 버릇을 다 망쳐 놨다면서?"

어머니와 할머니가 다투실 것만 같습니다. 아버지가 말씀을 하십니다.

"허허, 당신은 어머니께 무슨 말을 그리해요."

"아니, 아이 버릇을 고치려는데 어머니가 그러시잖아요."

하시면서 음성이 누그러지십니다.

"아니, 내가 아이들 버릇 망친 게 뭐 있냐. 응?"

할머니는 아직도 역정이 안 풀리신 듯합니다. 분명 민수를 꾸짖으시려고 하셨으나 할머니가 역정을 내시게 되고 말았으니 아버지가 할머니와 어머니 사이에서 말리십니다.

"어머님이 망치신다는 게 아니고...... 민수 너 다시는 그러면 안된다."

아버지는 민수에게 단호하게 말씀하시고는 이 일을 빨리 마무리하기 위하여

"할머니께 아까 사온 과일 좀 갖다드려라."

떨메와 달궁이

226

라고 이르십니다.

민수는 얼른 나가서 귤을 한 접시 담아다 드렸습니다.

"누가 이런 것 먹고 싶댔나? 애를 내가 망친다니.... "

그러시고는 하나를 집어 반을 잡수시고는 반은 민수에게 주십니다. 민수는 받아야 좋을지 어쩔지 눈치를 살피는데 어머니는 아직도 화가 안 풀리신 모양입니다. 작은 목소리로

"아이 버릇 가르칠 수 없게 괜히 끼어 드신단 말야."

아버지께서는 녹음기를 들여다보시더니

"별것도 아니구먼."

"그래요?"

어머니도 아버지 곁으로 다가앉으며 다시 웃습니다.

"그런가?"

할머니도 금시 잊었는가 기쁜 낯빛으로

"그래. 우리 민수가 그리 못 쓰게는 만들지 않았을 게다."

민수는 아버지와 어머니의 표정을 훔쳐보고 웃는데 서로 보고 웃으시던 어머니와 아버지는 민수를 보시고

2부 햇살로 보여준 천국

227

는 다시 화난 표정을 지으시려다가 더욱 크게 웃으시
는데 누나가 불쑥 방으로 들어오다가

"뭐가 그리 재미있어?"

그래서 온 식구는 다시 한 번 크게 웃었습니다.

"할머니. 다시는 남의 것 안 만질게."

민수는 할머니 귀에 대고 속삭였습니다. 할머니는 민
수의 엉덩이를 토닥여 주셨습니다.

맑은 날씨인데 봄바람이 살랑 귀밑을 스치고 담 너머
로 넘어갑니다.

봄 하늘에 작은 조각구름이 왔다 갑니다.

"할머니 ———"

퉁돌이

　언제 어디서 어떻게 하여 이 세상에 오게 되었는지에 대하여는 전혀 모릅니다.

　어느 날인가 여름 휴가를 즐기려 강가를 찾아온 한 소녀의 따스한 손길이 쓰다듬고 볼에도 대보고 이리 저리 굴려도 보고 손안에 꼭 쥐기도 하면서 세상에 눈을 뜨게 되었고, 눈을 가만히 떠보았을 때는 휘황한 빛이 가득하여 현기증이 났고, 눈을 감았다 뜨기를 반복하면서 푸른 산이 양쪽으로 감싸안으며 지키고 있는 골짜기의 맑은 강가에 있음을 알았습니다.

　많은 돌들 사이에 있었습니다.

찌는 듯 더운 날이지만 소녀가 꼭 쥐고 있어 느껴지는 체온이 싫지 않습니다. 아닙니다. 그 체온은 사물을 바라볼 수 있는 힘을 솟게 합니다.

"너에게 이름을 붙여 주어야지. 통돌아. 나의 친구가 되자."

다정히 불러줍니다.

한낮에는 햇볕의 이야기가 눈부시고, 저녁에는 시원한 바람이 싱그럽게 쓰다듬어 주고, 소녀와의 정도 깊어지던 어느 날, 소녀의 이름이 수정이 임을 알 수 있었던 어느 날입니다.

"수정아, 어서 떠날 준비를 해야지."

수정이 어머니가 재촉을 합니다.

"네, 어머니."

수정이는 통돌이를 부지런히 배낭에 넣습니다.

"수정아, 그 돌멩이는 왜 싸니?"

"엄마, 멋있잖아요. 집에 가지고 가고 싶어요."

어머니는 수정이를 꾸짖습니다.

"구질구질하고 무겁게 그건 왜 가지고 가니? 어서 버려."

수정이는 퉁이를 다시 꼭 잡았다가 가만히 놓았고, 그리고 수정이네는 바삐 이곳을 떠났습니다.

수정이는 퉁이를 던진 것도 아니고 가만히 놓고 갔을 뿐인데, 퉁이의 몸은 크게 매라도 맞은 듯 아프고 무겁습니다.

퉁이는 몸을 움직일 수가 없습니다. 속절없이 눈물만 납니다.

주위에는 퉁이를 닮은 많은 친구들이 있었지만 퉁이의 마음을 이해하지 못합니다. 그들이 어찌 퉁이의 마음을 알 수 있겠습니까? 아니 퉁이는 그들이 퉁이를 이해할 수 있는지 어떤지 말하고 싶지도 않고 알고 싶지도 않습니다.

퉁이의 이웃에 조약이와 바둑이는 퉁이에게 자꾸 말을 붙입니다.

"나는 얼마나 세게 던지고 갔는지 내 몸이 이렇게 멍이 들었단다. 이것 좀 봐."

바둑이의 몸이 까맣습니다.

"나는 그때 몸도 마음도 까맣게 타고 말았어."

바둑이의 말에 조약이는

"나는 이별 후 가슴이 너무 너무 아파 괴로웠어. 그때마다 강물은 나를 위로하고 쓰다듬어 주었어. 내 몸이 반들반들하지? 강물이 쓰다듬어 주어서 그래. 요즈음도 가끔 찾아오곤 해."

그때 바둑이가

"그래 조약이도 오랫동안 많이 힘들어 했어."

그러나 그것이 퉁이에게 위로가 되지 않습니다. 귀에 들어오지도 않습니다.

움직이기도 싫습니다. 말도 하고 싶지 않습니다. 아무 것도 하고 싶은 것이 없습니다.

퉁이는 자신을 이해 못하는 친구도 밉고 어루만져 주고 달래주는 친구도 싫고 그런 자신에 짜증이 납니다.

'이곳을 떠나고 싶다.'

그러나 꼭 가고 싶은 곳이 있는 것도 아닙니다.

수정이의 따스한 보살핌이 그립습니다.

따뜻한 햇살이 다가와 다정히 웃어줍니다. 구름을 건너 나뭇가지를 흔들고 강 위를 스치는 바람이 어루만져 줍니다. 그러나 그런 것이 다 시들하여 몸을 비틀고 떼쓰려 하면 검은 구름이 호령하며 퉁이를 때리기라도 할 듯하다가 목욕을 시켜 줍니다.

밤과 낮이 지나고 여름 가을 겨울 봄이 지나 다시 여름이 되면서 강가에는 또 많은 사람들이 찾아옵니다.

퉁이는 수정이를 기다립니다. 그러나 수정이는 오지 않고, 강가에 놀러 온 아이들과 함께 놀고 싶어 아이들을 불러보지만 퉁이의 외침이 그들에겐 들리지 않는 모양입니다.

어느 날 다정히 이야기하며 가던 오누이는 퉁이 옆에 앉았고, 퉁이를 발견한 동생은 오빠에게 퉁이를 보입니다.

"오빠, 이 돌 좀 봐. 어때?"

"너무 크다. 가지고 놀 수도 없잖아. 작고 단단한 것이 좋아."

그때 오누이의 어머니가 다가오며 묻습니다.

"무얼 하고 있니? 수영하지 않고"

"어머니, 이 돌 어때요. 어머니 드릴까요?"

"김치 독에 넣을 돌은 단단하고 반들반들하고 손바닥보다 큰돌이 좋아. 약간 작구나."

소녀는 무슨 생각을 하는지 퉁이를 한참을 들여다보

더니 던집니다.

'기다리고 기다렸는데...... 크던지 작던지 할 것이지. 둥글둥글한 것도 아니고 그렇다고 평평한 것도 아닌 한 편은 평평하고 또 한 편은 울퉁불퉁 둥글넓적하게 생겼을까.'

퉁이는 너무너무 자신이 미워 소리 없이 울지만 그들은 퉁이의 곁을 떠나 이미 퉁이의 슬픔 같은 것은 아예 아랑곳하지도 않습니다.

그 뒤에도 많은 사람들이 강을 찾았고 퉁이의 친구들을 데리고 갔습니다.

어떤 친구는 사랑을 받고 선택되어 갈 때 퉁이를 자랑스런 몸짓으로 쳐다봅니다. 어떤 친구는 헤어지기 섭섭해하기도 하고 어떤 친구는 오히려 남아 있는 퉁이를 부러워하기도 하였으나 자랑스레 떠나는 태도가 오히려 솔직한 모습인 듯 떠나는 친구들이 부럽고 퉁이도 어딘가 멀리 떠나고 싶습니다.

친구들이 떠난 이곳에 남아야 한다는 것은 괴로운 일입니다.

그러던 어느 날 밤 많은 친구들과 함께 갑자기 차에

실렸습니다.

'어디로 갈까?'

불안하고 벅차고. 그들을 실은 자동차는 산골길을 달려 도시로 들어왔고 도시의 길을 달리던 차는 어느 공사장에 모두를 내려놓았습니다.

나중에 안 일이지만 시멘트에 섞여 건물에 들어가려고 기다리던 중입니다. 지나가던 신사의 발에 부딪혀 공사판에서 멀리 도회지의 길에 홀로 굴러 떨어졌습니다. 먼지 속에서 숨을 쉴 수도 눈을 뜰 수도 없습니다. 높은 건물을 휘돌아 돌아온 먼지 낀 바람이 쿨럭이며 지나갑니다. 먼지만이 달려와서 퉁이를 감싸안고. 이따금 비가 와서 퉁이를 씻어주지만 역시 강가 고향의 물과 같이 맑고 신선하지 못해 숨이 막힐 것 같습니다. 친구도 아니 쳐다보는 이조차 없고 그저 먼지 섞인 바람만이 목쉰 소리로 울고 스쳐갑니다. 새소리도 물소리도 물론 짐승소리도 아닌 무슨 소리가 연거푸 연거푸 들려 옵니다. 달리는 차들이 이 묘한 소리 묘한 냄새를 내는 것을 알 때쯤은 퉁이는 지쳐 있었고 강가의 고향과 친구들이 무척이나 그립습니다.

2부 햇살로 보여준 천국

235

떨메와 달궁이

이따금 사람들의 발에 채이어 이곳에서 저곳으로 저곳에서 이곳으로 자리를 옮기기는 하였으나 모든 형편이 달라진 것이라곤 거의 없이 고향을 그리워하는 마음만이 깊어갑니다.

오늘은 아침 햇살을 받는 순간 무언가 좋은 일이 있을 것 같아 종일 기대 속에 있었으나 다시 어둑어둑 땅거미가 지기 시작합니다. 기대가 무너지면서도 귀를 밝히고 있는 퉁이에게 무언가 골똘히 생각하며 귀가하는 여학생의 발이 걸려 넘어질 번 퉁이 가까이에 멈춥니다. 여학생은 퉁이를 집어 요모조모 살피더니 빙그레 웃고는 가방에 넣고는 힘차게 집에 갑니다.

"엄마, 예쁜 돌 주웠어요."

"그건 뭐하게?"

여학생은 퉁이를 이리저리 깨끗이 씻어 주며 기쁘게 말합니다.

"오늘 배운 시를 써넣겠어요. 그리고 책상 위에 올려놓고 보겠어요."

"크지도 작지도 않고, 한쪽은 평평하고 한쪽은 울퉁불퉁하여 시를 적기에 너무나 적당해요."

2부 햇살로 보여준 천국

237

퉁이는 행복합니다.

어머니가 여학생을 부르십니다.

"영희야, 이따 하고 밥 먼저 먹어라."

여학생의 이름은 영희인가 봅니다. 영희가 나간 후 퉁돌이는 생각에 잠깁니다. 옛날 수정이에 의해 잠이 깨이고 퉁돌이란 이름을 받았을 때, 그리고 크기와 생김 때문에 선택되지 못하던 일. 그리고 먼지 속 소음 속에서의 생활,

영희는 식사에서 돌아와 퉁이에게 물감을 칠하고 니스를 칠하고 그리고는 곧 정성껏 시를 적어 넣습니다.

바람이 살랑살랑
강물이 철석철석
장난이 귀찮아 밀어냈는데
어깨동무 하고 싶다. 친구 친구야

물감과 니스의 냄새에 숨을 쉬기 곤란하나 먼지 속 자동차 냄새보다는 훨씬 낫고 또한 시가 마음에 듭니다. 영희는 하루에도 몇 번씩 퉁이를 보고 시를 봅니

다. 빙그레 웃는 모습은 너무나 귀엽습니다.

시간이 지날수록 퉁이를 보는 횟수가 줄고 관심이 멀어감과 동시 퉁이 위에 고운 먼지가 쌓이기 시작합니다. 영희는 요즈음 몹시 바쁜가 봅니다.

똑딱똑딱 시계소리가 방안을 채웁니다. 시계는 한 시간마다 꼭꼭 숲속의 친구 뻐꾸기의 소리를 흉내냅니다. 그럴 때면 고향이 몹시 그립습니다.

하늘 구름 바람 강물 그리고 바둑이 조약이.....

보고싶다. 가고 싶다. 그리움의 잔물결은 소용돌이 되어 가슴이 옥조입니다. 아픕니다.

'영희는 무엇이 바빠 나를 잊고 있을까? 왜 시계는 쉬지 않고 움직이며 내 친구 말소리를 흉내낼까?'

철학자 모양 골똘히 생각합니다. 영희가 들어오는 것도 모르고 생각에 잠겼습니다.

영희는 기쁜 듯이 방안을 한 바퀴 돌아봅니다. 기쁠 때 종종 있는 버릇입니다. 생각에 잠긴 것을 알아차렸을까? 퉁이에게 쌓인 먼지를 털더니 묻습니다.

"무얼 생각하고 있니?"

퉁이도 영희의 기뻐하는 모습이 좋아서 웃음으로 답

2부 햇살로 보여준 천국

하며

"영희야, 무슨 좋은 일 있니?"

하고 묻습니다.

"응, 오늘 여름 방학 했어."

여름 방학이면 사람들이 강가에 몰려왔던 생각이 납니다.

"영희야, 너는 여름 방학에 강에 안 가니?"

"가고 싶어. 올해는 꼭 가고싶어."

그리고는 퍼뜩 정신이 들었나봐요.

"아참, 강가가 네 고향이지?"

"응. 영희야, 나 고향에 가고 싶어."

눈물이 나오려 해서 더 이상 말을 할 수가 없습니다.

"그렇구나. 너도 고향에 가고 싶구나."

"응. 매우."

"우리 어머니의 고향은 저 휴전선 너머 지금은 갈 수가 없어. 우리 어머니도 이따금 고향을 이야기하실 땐 눈물이 글썽글썽하며 가고싶다고 하셨어."

영희에게 고향으로 보내 달라고 막 떼를 쓰고 싶지만 목이 메어 말을 할 수가 없습니다.

떡메와 달궁이

영희가 알아차리고 달랩니다.

"네가 생각하고 있는 줄 몰랐어. 네 몸에 마음대로 색칠해놓고 닦아주지도 않고..."

"아냐. 아냐. 네가 사랑해줘서 고마워."

"알았어. 나를 이해해주려는 네 심정은."

그리고는 영희는 덧붙여 말합니다.

"너라도 고향에 보내 줄께."

영희가 퉁이의 심정을 알아준 이제 퉁이는 행복한 눈물을 주체하지 못하고 울먹입니다.

"나 고향에 간다면...... 나 고향에 갈 수 있다면......"

영희는 퉁이를 쓰다듬어 줍니다. 손에 땀일까? 퉁이의 눈물일까? 촉촉이 젖어집니다.*

떨매와 달궁이

인쇄일 초판 1쇄 2002년 01월 05일
       2쇄 2015년 08월 12일
발행일 초판 1쇄 2002년 01월 15일
       2쇄 2015년 08월 24일

지은이 오 명 근
발행인 정 진 이
발행처 새미
등록일 1994.03.10, 제17-271호

서울시 강동구 성내동 447-11 현영빌딩 2층
Tel : 442-4623~4 Fax : 442-4625
www. kookhak.co.kr
E- mail : kookhak2001@hanmail.net
ISBN 978-89-5628-420-0 *03810
가 격 9,500원

* 새미는 국학자료원의 자매회사입니다.
*저자와의 협의 하에 인지는 생략합니다.